SPOTLIGHT《スポットライト》
羨望と欲望の狭間
ブルーゲイル　原作
日輪哲也　著
DOH250R　原画
PARADIGM　NOVELS 139

登場人物

朝倉 絵美子《えみこ》　沙緒里の母で、元アイドル。鬼嶋の庇護を得るため、自分の肉体を差し出す。

朝倉 沙緒里《さおり》　現在売り出し中の新人アイドルだが、ビッグスターの素質がある。料理上手。

朝倉《あさくら》 雅紀《まさき》

ごく普通の大学生だったが、芸能プロダクション社長の父が再婚したため、アイドル沙緒里の兄となる。思いやり深く、初対面でも物怖じしない性格。しかし芸能界には疎い。

大森《おおもり》 美憂《みう》　ロリータ系の超人気アイドルだが、芸能歴は長い。目的のためには手段を選ばない。

北条《ほうじょう》 恵里佳《えりか》　由奈同様ユニットのメンバー。何を考えているのかわからないところがある。

五月女《さおとめ》 由奈《ゆな》　沙緒里とユニットを組んでいる先輩アイドル。プライドが高い分、努力家でもある。

鬼嶋《きじま》 毅《つよし》　音楽業界を牛耳る、鬼嶋グループの会長。睨まれたら芸能界では生き残れない。

結城《ゆうき》 舞《まい》　人気上昇中のアイドル歌手。何かにつけ沙緒里のことをかわいがってくれている。

酒井《さかい》 菜恵《なえ》　沙緒里の親友で相談相手。実は雅紀のことが好きなのだが、言い出せずにいる。

第七章　美憂

第十章　沙緒里

目次

第一章　義妹

「これは……」

すっかり迷っちまったなぁ、と雅紀《まさき》は独りごちた。

さっきから同じような角を何度も曲がり、もうかれこれ二〇分は歩いていた。

受付嬢の説明があまりにも流暢《りゅうちょう》で、目的地までの道のりがこうも複雑だとは想像もしなかった。

雅紀は、父・泰蔵《たいぞう》に呼ばれてここを訪れたのだった。

多忙な泰蔵の都合に合わせて、彼の仕事先での待ち合わせになったのだ。芸能プロダクションを経営する泰蔵は、今日、このテレビ局のどこかで催されているオーディションに出席しているはずだった。

幼い頃《ころ》に母を喪《うしな》って、雅紀は泰蔵に男手一つで育てられたのだった。

何度か再婚話もあったようだが、泰蔵は独身を貫いていた。仕事が忙しかったこともあったのだろう。あるいは、泰蔵の中に、いまだ亡き妻への想《おも》いがあったのかも知れない。

そんな泰蔵が、再婚したい、と切り出してきたのは、数日前のことだった。

バツ悪そうに照れる泰蔵の様子は、これまで雅紀が見たことないほど、幸せそうだった。

もちろん、賛成だった。

それなりの反発も予想していたのだろう。あまりに簡単に賛成した雅紀に、かえって泰蔵の方が驚いたようだった。

なぜか、この泰蔵の恋は、死んだ母も祝福してくれるような気がしたのだった。そんなことがあって、今日、その新しく母になる女性を紹介したいということで、雅紀はこの迷路のようなテレビ局に呼び出されたのだ。

辺りを見回しながら歩いていた雅紀の目に、それらしき文字が飛び込んできた。金属製の扉《とびら》に「トゥインクル・プロジェクト・オーディション会場」と大きく貼《は》り紙《がみ》がされている。

間違いない。ようやく待ち合わせの場所に辿《たど》り着《つ》き、雅紀はほっと胸を撫《な》で下《お》ろした。会場から漏れてくる台詞《せりふ》を読み上げる声や物音から察するに、まだしばらくは待たされることになりそうだった。

急に手持《ても》ち無沙汰《ぶさた》になり、雅紀は辺りを見回した。廊下の少し先に、自販機が並んだ休憩コーナーがあった。

雅紀は、オーディションが終わって泰蔵が出てくるまで、そこで待つことにした。

休憩コーナーの奥に入ろうとして、先客がいることに気づいた。

少女だった。

背筋を伸ばして椅子《いす》に腰掛け、真剣な表情で虚空に向かい、何かを口ずさんでいる。

不思議な光景だった。

彼女の周りの空間だけが、どこか別世界のように思えた。

まるでそこだけ、現実の空間から切り取られて、彼女のためだけに存在しているような。

思わず、息を飲んだ。

窓から差し込む夕日に照らされて、少女の全身がきらきらと輝いて見えた。

金色の教会の中で、祈りを捧《ささ》げる聖少女。

その神々しいまでの、美しさ。

雅紀は、息も忘れて、その光景に見入っていた。

少女が雅紀の方を振り向いた。それが魔法の解ける合図だった。

ふっと、雅紀を包んでいた何かが、消えたようだった。

時間が動き出し、喧騒《けんそう》が戻ってきた。

雅紀の五感が、やけに鮮明に機能しはじめ、急速に世界が現実感を取り戻し始める。

ここは、こんなにも賑《にぎ》やかな物音がする場所だったろうか？

「あ……もう私《わたし》の番ですか？」

あどけない、まだ幼さの残った、少女の顔だった。

確かに可愛《かわい》いが、さっきまでの印象とはまるで違ってしまっている。

少女が不思議そうに小首を傾《かし》げたのを見て、雅紀はまだ自分が彼女の問いに何も応《こた》えて

いないことに気がついた。

「え……いや、あの……俺《おれ》、ここの関係者じゃないから……」

しどろもどろに、言った。

「あ、ごめんなさい。私、てっきり……」

少女は恥ずかしそうに顔を伏せた。

しなやかな、栗色《くりいろ》の長い髪が、彼女の横顔を遮った。

少女は黄色いワンピースを着ていた。

栗色の髪と、黄色いワンピース。

さっき黄金色に輝いて見えたのは、そのためだろうか？

「ごめんなさい。座りますか？」

彼女は椅子から腰を上げて、雅紀に席を譲ろうとした。

「あ、いや……隣に失礼するよ」

彼女の様子が愛らしくて、雅紀は自然に微笑《ほほえ》んだ。その笑みの意味を誤解したのか、少女は恥ずかしそうに頬《ほお》を染めながら、椅子に座り直す。

「君もオーディションを受けに来たの？」

「は、はい。今日オーディションを受けに来ました、西野沙緒里《にしのさおり》です」

一瞬、噛《か》み合《あ》わなかった会話の意味を考えて、雅紀は苦笑した。

「沙緒里ちゃん、そんな、緊張しなくていいよ。俺は審査員じゃないんだから」

「あ……わ、私ったら、つい……ごめんなさい……」

その緊張ぶりが愛らしくて、雅紀は目の前の少女に親しみを覚えた。

「そうか……さっきは練習の邪魔をしちゃったかな？」

「いえ…そんな…なんだか落ち着かなくて、気を紛らわせるつもりでしてただけですから」

「リラックス、リラックス。大丈夫、沙緒里ちゃんはきっと受かるよ」

何の気はなしに言った励ましの言葉だったが、言ってから、雅紀は奇妙に確信した。

先ほどの、光景を思い浮かべたのだ。

この、まだあどけなさを残した少女には、なにか、そういう才能があるような気がする。

観《み》る者をはっとさせるような、存在感？

「うん。俺が保証してもいい」

「…なんか…そんな風に言われると……嬉《うれ》しいな」

雅紀は言ってから、気障《きざ》だったかな、と後悔していた。

もう少し上手《うま》い励まし方もあるだろうに、と我ながら気恥ずかしく思う。

「一〇番の方？」

廊下の方で、女性の声が聞こえた。

「あ、私だ。は、はい！」

少女が慌てて立ち上がる。

「落ち着いて。きっと、大丈夫だから」

雅紀の声に、少女が振り返った。

その不安げな瞳《ひとみ》が、雅紀を見た。見つめ合った。

彼女の瞳から不安の色が消え、自信が漲《みなぎ》ってくるのを、雅紀は感じた。

「はい！」

爽《さわ》やかな、明るい笑顔だった。

「がんばれよ。沙緒里ちゃん」

「ありがとう……行ってきます！」

沙緒里はぺこりとお辞儀をして、オーディション会場へと入って行った。

いい子だったな。

休憩コーナーに一人取り残されて、雅紀は思った。

「沙緒里ちゃん、か……」

別れ際の、笑顔を思い出す。

胸が、きゅんと鳴った。

え？　あんな…あんな妹みたいな歳《とし》の子に……一目惚《ひとめぼ》れ？

彼女に惹《ひ》かれてしまっている自分に気づいて、雅紀は戸惑いを覚えた。

第一章　義妹

……どうかしている。

動揺を、理性で抑《おさ》えつけた。

彼女は自分のことをどう思ったのだろうか？

また、胸が鳴った。

「ふう……」

深呼吸した。

優しいお兄さん、くらいにしか、彼女は感じなかったに違いない。

少し冷静になって考えれば、あんな可愛い女の子にそう思ってもらえただけでも、十分すぎるくらいだ。

淋《さみ》しくないといえば、嘘《うそ》になるが。

あんな可愛い妹がいたら……きっと毎日が楽しいだろうな。

しばらくの間、雅紀は楽しい空想に耽《ふけ》った。


いつの間にか、廊下の方が騒がしくなっていた。

オーディションが終わったらしい。

雅紀が向かってみると、呆れるほどの人込みが、会場前の廊下を埋め尽くしていた。

その人々の中に、ついあの少女の姿を探してしまう。

もう帰ってしまっただろうか？

一頻《ひとしき》り見渡して、雅紀は深い溜息《ためいき》をついた。

せめてもう一度、彼女と言葉を交わしたかった。

「おう、雅紀。待たせたな」

泰蔵だった。

後悔と落胆で、雅紀の気持ちはひどく沈んでいた。

「なんだ、元気がないな」

今日という日がどういう日か、判《わか》っているだろう？

泰蔵の言葉の裏に、そんな響きを感じた。

今は、泰蔵の幸せも少しばかり妬《ねた》ましい気がした。

「腹が減っただろう。飯でも食いに行こうか」

「そんなことより、新しい母さん候補って人を紹介してくれるんじゃないの？」

思わず、棘《とげ》のある口調になった。

「あぁ、今さっき、ここに着いたと連絡があったからな。そろそろ現れるはずだが……」

三々五々に出口へと動き出した人の群れの向こうに、目当ての人影を見つけたらしい。

泰蔵の顔が綻《ほころ》んだ。

「絵美子《えみこ》さん、こっちですよ！」

そう言えば、新しく母親になる人の名前すら聞いていなかったことに、雅紀は今頃になって気がついた。

絵美子と呼ばれた女性は、にこやかに微笑みながら、こちらへ近づいてくる。

「ごめんなさい。タクシーが遅れちゃって」

その女性は、十分に完成された知性と美しさを持っていた。歳は二〇代後半くらいだろうか。それにしては、落ち着いた雰囲気に思える。

「いやいや、構いませんよ。私も丁度今仕事が終わったところですから」

絵美子を前にした泰蔵の様子は、だらしがないというか、みっともないというか、年《とし》甲斐《がい》もなく舞い上がっているのが傍目《はため》にも明らかだ。

「あ、こちらが雅紀さん？　初めまして、西野絵美子と申します」

雅紀の方に向き直ると、絵美子はぺこりとお辞儀をした。

その仕草に、雅紀は何か感じるものがあった。

どこかで見たような……。

「あ、どうも……」

戸惑いと気恥ずかしさに、つい挨拶《あいさつ》もぎこちなくなる。

「こら、雅紀。ちゃんと挨拶せんか」

「あら、いいのよ。ごめんなさい、待ちくたびれたでしょう？」

そう言って微笑んだ絵美子に、雅紀は初めて会ったとは思えない親近感を覚えた。

泰蔵が絵美子を選んだ理由が判ったような気がした。

こんな素敵な人が、新しい母さんになる。

そう思うと、雅紀は心が軽くなったような気がした。

「さて、沙緒里ちゃんももうそろそろ出て来ると思うんだが……」

え？　沙緒里？

泰蔵の言葉に、雅紀はどきりとした。

「沙緒里…って？」

「言ってなかったか？　絵美子さんには一人娘がいてな、今日のオーディションに参加していたんだよ」

泰蔵の言葉が終わらないうちに、一人の少女が駆け寄ってきた。

「ご、ごめんなさい。遅くなっちゃって……」

小走りに駆けてきて、絵美子の腕に掴《つか》まった。よほど急いだのか、荒れた息を整える。

雅紀の胸が高鳴った。

あの子だ。

「あれ？」

沙緒里も気が付いたらしい。雅紀の顔を見て、不思議そうな表情を浮かべた。

雅紀を見つめる瞳が、みるみると大きくなった。

「もしかして……雅紀お兄ちゃん？」

呼ばれて、雅紀はたじろいだ。

「う、うん……そう」

呆然《ぼうぜん》と、頷《うなず》き返す。

「や、やだ、沙緒里ったら、なんにも知らなくて…」

頬をぱっと赤く染め、絵美子の後ろに身を隠す。

沙緒里ちゃんが、絵美子さんの子供？

「どうしたの、沙緒里？　あなた、雅紀さんと会ったことあるの？」

「う、うん、さっきね。ちょっと励ましてもらったの」

恥ずかしそうに、応える。

泰蔵と絵美子の不思議そうな目が、雅紀に向いた。

「そ、そんな、励ましただなんて……お、大袈裟《おおげさ》ですよ。ただ少し話をしただけです」

何も後ろめたいことはないのだが、正面を向いていられなかった。

「それで？　オーディションはどうだった？」

絵美子が思い出したように、沙緒里に尋ねた。

「うん、もうばっちり。全力を出し切ったって感じ」

雅紀は、沙緒里の明るい声に誘われるように、彼女を見た。

今目の前に彼女がいることが、まだ信じられない。

「確かに今回の応募者の中じゃ沙緒里ちゃんは抜きん出ていたな」

泰蔵も会話に加わった。

「まあ、それじゃ沙緒里は合格するかしら？」

「それはまだ判らん。私の一存では決まらんからな」

泰蔵と絵美子が話している間、雅紀は沙緒里を見つめていた。

沙緒里も雅紀が気になったのか、二人の目が合った。

気恥ずかしくはあったが、お互い、目を逸《そ》らすことはなかった。自然、見つめ合った。

こんなに可愛い少女が俺の妹に……。

夢を見ているような気持ちだった。

「こんなことって……あるんだね」

沙緒里も同じことを感じていたようだった。

こくりと、小さく頷いた。

「…沙緒里ね？　さっき思ってたの……。雅紀お兄ちゃんが…こんな優しい人だったらいいなって……」

小さな声でそう言うと、沙緒里は絵美子の腕から離れて、雅紀の前に立った。

「初めまして、沙緒里と申します。よろしくね？　雅紀お兄ちゃん」

ぺこりと、お辞儀した。

これが、雅紀と沙緒里の出会いだった。


間もなく、泰蔵と絵美子は入籍した。

結婚式は郊外の小さな教会で行われた。お互い再婚同士ということもあって、身内だけのささやかな式だった。

沙緒里は白のワンピース姿で、その愛らしさには、参列した誰《だれ》もが振り向いた。そうした、人々の沙緒里への視線を感じるたびに、雅紀は美しい義妹を誇らしく思った。

式の間、時折沙緒里と視線が合った。

雅紀のスーツ姿が余程可笑《おか》しいのか、くすくすと笑う。

そんな仕草までが愛くるしくて、雅紀は、思わず抱きしめたくなる衝動を必死に抑えなければならなかった。


新しい生活が始まった。

新婚にも関《かか》わらず、泰蔵は相変わらずの仕事熱心で、家に帰るよりも会社に泊まり込むことの方が多かった。

自然、雅紀と絵美子、沙緒里の三人だけで過ごす時間が多い。

家族四人がなかなか顔を揃《そろ》えないことについて、絵美子は淋しげな顔を見せることはなかった。むしろ、沙緒里の方が、時折、そういう表情を見せる。

新しい父親ができて、思い描いていた家族団欒《だんらん》のイメージがきっとあったに違いない。

それを思うと、雅紀も胸が苦しかった。泰蔵の分までも、自分が沙緒里の淋しさを埋めてやりたいと思うのだった。

絵美子は雅紀にとって理想的な母親だった。

いつも穏やかで、明るく、上品だった。そしてなによりも、美しい。

絵美子は昔アイドル歌手だったのだと、食卓を囲んでの他愛のない会話の中で、知った。

それを聞いて、妙に納得させられたものだった。

絵美子は主婦業の傍ら、泰蔵の仕事も手伝っている様子だったが、それもそうした過去があればこそ、できるのかも知れない。

泰蔵にしてみれば、公私共に最良のパートナーに恵まれた、というところだろう。

「そう言えば、オーディションの結果が判るのは今日じゃなかった?」

夕飯の後片付けをしながら、今ふと気づいたように、絵美子が言った。

「それって、この間のオーディションのこと?」

雅紀はすっかり忘れていたのだが、絵美子の話で、あの沙緒里との偶然の出会いを思い出した。

「うん、郵便が来てたよ」

沙緒里のあまりの素っ気無さに、雅紀の胸を不安が過《よ》ぎった。良くない結果だったのかも知れない。

「どうだったの？」

絵美子も心配そうだ。

雅紀と絵美子が見守る中、沙緒里はスカートの後ろポケットから一通の葉書を取り出す。

「じゃあん！　見事合格!!」

「もう、この子ったら……」

絵美子は胸に手をあてて、少し呆《あき》れたような口振りで言った。

本当に心配したのだろう。それは雅紀も同じだった。

沙緒里は悪戯《いたずら》っぽく笑いながら、葉書を片手にVサインを作って見せた。

「すごいじゃないか。おめでとう」

「でも正式にデビューできるかどうかは、まだ判らないし……」

沙緒里は照れ臭そうに言った。でも、嬉しさは伝わってくる。

「なんにしたっておめでたいことなんだから……そうと判っていればお祝いらしい夕飯に

したのに」

絵美子が悔しそうに言いながら、キッチンから出てきた。

その手には可愛らしいケーキの箱があった。

「じゃ〜ん！　これなんだ？」

おどけた風に言った絵美子の方を振り返って、沙緒里は驚いた。

「ママ……どうして？」

「沙緒里のことはなんでもお見通しよ？　それにママの娘なんだから、合格するに決まってるじゃない」

おそらくは泰蔵から知らせがあったんだろう。

それにしても小憎らしい、絵美子の演出だった。

「ありがとう……」

沙緒里は嬉しさのあまり泣き出しそうな顔をしていた。

それを見ていた雅紀も、胸が熱くなってくる。

「それと、これはお父さんから。あとでちゃんとお礼を言うのよ？」

取り出されたのは豪華なバラの花束だった。

雅紀は呆気にとられている。

親父《おやじ》の奴《やつ》……こういうことなら俺だってなにかお祝いを用意したのに……。

第一章　義妹

「そして、これは雅紀さんから」

絵美子がリボンの掛けられた小さな箱を沙緒里に手渡した。

え？と、絵美子の顔を見る雅紀。

絵美子がウインクする。

「うわぁ、ありがとう！　お兄ちゃん！」

沙緒里が抱きついてきた。

絵美子の気配りに救われた気がした。

「みんな意地悪なんだからぁ…もう…」

「お、おい、せっかくのお祝いなんだから、泣くなよ」

感極まって沙緒里が泣き出してしまい、雅紀は甚《はなは》だしく狼狽《ろうばい》した。

絵美子は優しく微笑んでいた。

「これからが大変よ？　レッスンもあるだろうし」

ケーキを皿に切り分けながら、絵美子が言った。

「うん……」

沙緒里はまだ泣き止《や》んでいない。拭《ふ》いても拭いても、涙が溢《あふ》れてくるようだった。

「じゃあ、食後のティーパーティーでお祝いしましょう」

絵美子の明るい声で、沙緒里の顔に笑顔が戻った。

幸せな一時だった。

沙緒里の合格は雅紀にも嬉しかったし、なにより絵美子の演出が粋《いき》だった。

親父も一緒ならなお良かったろうに、と思わないでもなかったが、それを口にするのは憚《はばか》られた。泰蔵だって一緒に祝いたかったに違いないのだ。絵美子も、沙緒里も、それが判っているから、何も言わなかったのだと思う。

家族っていいな……。

自分の部屋でベッドに寝転びながら、雅紀はあらためて幸せを噛み締めるのだった。

扉を小さくノックする音が聞こえた。

「どうぞ」

雅紀の声を確認して、扉の隙間《すきま》から顔を覗《のぞ》かせたのは沙緒里だった。

「あの…えっと……入って…いい？」

廊下に立ったまま、恥ずかしそうに尋ねる。

雅紀は身体《からだ》を起こして、ベッドに腰掛けた。

「いいよ、散らかってるけど」

やったぁ、と小さく呟《つぶや》きながら、沙緒里が部屋に入ってきた。

好奇心一杯といった表情で、部屋の中を見回す。

「なにか珍しい物でもある？」

「えへへ、男の人の部屋って入るの初めてだから……」

言われてみれば、沙緒里が雅紀の部屋に入るのは初めてのことだった。雅紀も、沙緒里の部屋には入っていない。

お互いにまだ無意識のうちに気遣う部分がそうさせるのか、あるいは世間の他の兄妹も、そういうものなのかも知れない。

「そんなところに立ってないで、座りなよ」

とりあえず、椅子を薦めた。

沙緒里は悪戯っぽく笑って、

「えへへ、こっち！」

と、雅紀の横に、ベッドに腰掛けた。

沙緒里の大胆さに、雅紀はどきりとした。慌てて腰を浮かせ、座っていた位置をずらす。

「男の部屋が初めてって……沙緒里、ボーイフレンドとかいないのか？」

緊張をごまかすように、思いつきの話題を振った。

「いるよ」

きっぱりとした返事が返ってきた。

沙緒里には特に悪びれた様子もない。むしろ、訊ねた雅紀の方が動揺が激しかった。

やっぱり、と思い、意外な感じもした。どんな男だろう、と興味もそそられ、一体どこのどいつが、と嫉妬《しっと》も湧《わ》いた。

そういえば、沙緒里はどこまで経験しているのだろう？

キス？　それとも……いや、沙緒里に限って……でも……。

悔しいやら、妬ましいやら、腹立たしいやら……混乱のあまり眩暈《めまい》がした。

「もしかして……お兄ちゃん、嫉《や》いてる？」

沙緒里が小首を傾げるようにして、雅紀の顔を覗き込む。

どきっとして、思わず顔を背《そむ》けた。

「うふふ、お兄ちゃんってすぐに顔に出るんだね」

言いながら、くすくすと笑う。

「う・そ！　ボーイフレンドなんていませんよ！」

一瞬、狐《きつね》につままれたような気がし、次にはどっと脱力感が襲ってきた。

安心したというか、なんというか、その場にへたり込みそうになる。

「そ、そうか……」

「お兄ちゃんすっごく安心したって顔してる。可愛い妹に悪い虫がつかないか心配？」

「じ、自分で可愛いって言うな」

照れ隠しに言っては見たが、沙緒里は優しく微笑み返しただけだった。

なにもかもを見透かされているような気がしてくる。

「沙緒里ね、男の子って苦手……乱暴で……なんだかみんなぎらぎらしてるみたいで……」

嫌な思い出でもあるのだろうか？　少し翳《かげ》のある表情で、呟くように沙緒里は言った。

沙緒里くらい可愛い子が相手なら、そうなる男の気持ちも判らないでもない。

雅紀は自分のことを言われているような気がして、胸が痛かった。

「でもお兄ちゃんは別！　初めて会った時からそんな風に感じなかったよ？」

気遣ってくれたのかも知れない。だが、沙緒里の言葉に、雅紀は救われた気がした。

ふと、不安げな様子で雅紀を見つめている沙緒里に気が付いた。

話してしまったことを後悔しているのかも知れない。

雅紀は腕を伸ばして、沙緒里の頭を撫でた。しなやかで柔らかい、沙緒里の髪の感触を、掌《てのひら》に感じた。

「俺達《たち》、相性がいいのかもな」

雅紀に頭を撫でられて、沙緒里はほっとしたような表情を浮かべた。

ごく自然に、沙緒里は雅紀に寄り添ってきた。

沙緒里の温《ぬく》もりと体重を、雅紀は心地よく感じた。

「どうした？」

抱きしめたくなる衝動を抑えながら、雅紀は言った。

「えへへ、お兄ちゃんっていいなぁと思って……」

本当に嬉しそうな沙緒里の声に、雅紀は胸がじんと熱くなった。

「ママね、パパにプロポーズされた時、すごく迷ったみたい。私が男性恐怖症だから……」

沙緒里は、苦手という以上に、異性に対して不信を感じていたらしい。

実の父親だった人の記憶が原因なんだろうか。

「でも、初めてパパに会った時にね、あ、この人なら大丈夫だなって思ったの。結婚していいよって言ったら、ママ、びっくりしてた」

雅紀は泰蔵から再婚話を切り出された時のことを思い出した。

雅紀が承諾した時の、泰蔵の驚いた表情が思い返されたのだ。

「お兄ちゃんに初めて会った時ね、自分でもびっくりしていたんだよ。初めて会ったのに、あんなにリラックスできた男の人って、本当に初めてだったから」

初めて見た時、沙緒里はまるで金色の衣を身に纏《まと》った天使のように見えた。

あの幻想的な光景を、衝撃を、雅紀は忘れてはいない。

自分はあの時、感動したのだと、今になって思う。

そして、雅紀は沙緒里がオーディションに受かるだろうことを、確信したのだ。

「お兄ちゃんに、がんばれよって言われた時、すごく自信が湧いてきたのを覚えてる。あの時、絶対私合格出来るって思った」

「ちゃんと合格したじゃないか。沙緒里の実力だよ」

「うん。合格通知を見ても当然、って思ったよ？」

沙緒里は冗談っぽく言ったが、雅紀には本当にそうだったんだろう、と思えた。

沙緒里には、単に可愛いという以上の、何かがある。

それを才能というのなら、沙緒里にはアイドルになれる才能があるように感じた。

あの時雅紀に見せた、自信に溢れた笑顔。沙緒里自身も、無意識のうちに自分の才能を感じていて、それが、あの確信にも似た、自信の源になっているような気がする。

「でも、今日は本当に嬉しかった。感激して……泣いちゃった」

「うん」

「ちゃんとありがとうって、言いたかったの！」

照れ臭そうに言って、立ち上がった。

「ありがとうね？　お兄ちゃん」

「うん」

雅紀は、温かいもので胸が一杯になっていて、上手く喋《しゃべ》れなかった。

何かが通じ合ったんだろう。沙緒里も満足そうに頷いた。

「それじゃ、私もう戻るね」

沙緒里は軽やかな足取りで部屋を出て行った。

ふう、と溜息をついた。

沙緒里がいなくなって、気のせいか部屋全体が暗くなったような気がした。いつもと何も変わらないはずなのに、妙に殺風景に感じる。

ベッドに横たわった。さっきまで沙緒里の座っていた場所が、まだ温かい。

ふと、そこに今の今まで沙緒里のお尻《しり》が載っていたのだと気が付いた。

その温もりに顔を埋めてみたりする。微《かす》かに甘い匂《にお》いがした。

途端に、やらしい妄想が膨れ上がってくる。

妄想を愉《たの》しめたのは一瞬で、それはすぐに自己嫌悪に変わった。

義妹相手に何を考えているんだ……。

切なくなった。

沙緒里と兄妹になって嬉しい反面、もしも沙緒里が義妹じゃなくて恋人だったら……そんな思いが、浮かんで消えた。

欲求不満なのだろうか？

誰か他の女の子と付き合い出せば、沙緒里に対して不純な妄想を抱くようなことはなくなるのかも知れない。

思い当たる女の子を思い浮かべようとして、雅紀は諦《あきら》めた。

沙緒里以上に魅力的な子は、今の雅紀には一人も浮かばなかった。

第二章　夢

雅紀は朝倉《あさくら》プロダクションの事務所を訪ねた。

仕事で会社に泊まりこんでいる泰蔵に、着替えを届けるよう、絵美子に頼まれたのだ。

見知っているスタッフの一人が取り次いでくれて、雅紀は社長室に通された。

社長室に入ると、書類に目を通していた泰蔵が机から顔を上げた。

「おお、すまんな」

「はい、これ。着替えと郵便物」

持ってきた紙袋を手渡す。

「ありがとう。代わりにこれを持って帰ってくれ」

別の紙袋を渡された。中身は多分、洗い物だろう。

「忙しいの？」

「ああ、今年は有望な新人が多くてな。うちだけならいいんだが、他所《よそ》からも続々と出てくるから気が抜けんよ」

そう言いながらも、泰蔵の声には自信が漲《みなぎ》っている。

仕事の方は順調のようだ。

「たまには仕事を休んで家でゆっくりしたら？　絵美子さんも沙緒里も喜ぶと思うよ？」

「もう少しだな。もう少しすれば、大分片付いて少しは暇も作れるんだが……」

言いながらも、泰蔵は再び机に向かっている。

そんな姿を見ていると、雅紀にはそれ以上の言葉は言えなかった。

一家を、いや、会社を支えている、そんな重みというか、威厳のようなものを感じて、何も言えなくなってしまう。

社長室の扉《とびら》がノックされた。

「どうぞ」

泰蔵が机に向かったまま、応《こた》えた。

「失礼します」

入ってきたのは沙緒里だった。

「あ、お兄ちゃん、来てたの？」

雅紀の姿を見つけて、嬉《うれ》しそうに、微笑《ほほえ》む。

「もう、レッスンは終わったのかい？」

書類に目を通しながら、泰蔵が言った。

「はい。レッスンが終わったのでご挨拶《あいさつ》してから帰ろうと思って」

会社では社長とアイドルの卵、ということらしい。

沙緒里の泰蔵に対する口調には、どこか堅いものを感じた。

「お疲れさま」

泰蔵が顔を上げて、微笑んだ。

「お先に失礼します」

沙緒里は、ぺこりとお辞儀した。

「お兄ちゃんは？　まだ用事があるの？」

「いや、俺《おれ》ももう帰るよ」

「じゃあ一緒に帰ろ？」

「ああ。親父《おやじ》、いいかい？」

泰蔵に訊《たず》ねた。

「うむ。母さんによろしくな」

泰蔵はもう机に向かっていた。

雅紀と沙緒里は顔を見合わせ、泰蔵の邪魔にならないようにと社長室を後にした。

「パパは今日も帰れないのかな？」

社長室を出て、沙緒里が淋《さみ》しげに呟《つぶや》いた。

「もう少ししたら暇を作れそうだってさ。今が一番忙しいみたいだ」

「そうだよね。しょうがないよね……」

沙緒里の淋しさも、泰蔵の辛《つら》さも、雅紀には痛いほど判《わか》っていた。

「沙緒里のテレビデビューはいつ頃《ごろ》になるのかしら？」

第二章　夢

夕方、食卓を囲みながら絵美子が切り出した。

普段の会話の中から、沙緒里のアイドルになるという夢が、絵美子にとっても夢であることを、雅紀は感じ取っていた。

沙緒里の夢と、絵美子の夢と、どちらが先だったのかは判らない。

母として、娘の夢が叶《かな》うことを願っているだけなのかも知れなかったが、絵美子の口振りからは、それ以上の熱意というか、思い入れを、雅紀は感じるのだった。

「来月くらいかなぁ？」

「まだはっきりしてないの？」

絵美子の口調には、その日を待ち遠しく思っている様子がはっきりと窺《うかが》える。

「へえ、テレビに出るなんてすごいじゃないか」

「うん。トゥインクルがレギュラーで出ている番組だから」

「トゥインクル？　どこかで聞いたことがあるような……」

「やだ、お兄ちゃん。沙緒里が受けたオーディション、トゥインクルの新メンバー募集オーディションだったのよ？　知らなかったの？」

そういえば、オーディション会場の貼《は》り紙《がみ》に「トゥインクル・プロジェクト」とか書かれていたような気がする。

「お兄ちゃんってアイドルとか全然知らないでしょ？　トゥインクルって朝倉プロダクシ

ヨンが今一番推《お》してるアイドルグループなのよ？」

「ふうん……それに沙緒里が参加するのか？」

「うん。新メンバーとしてね。今までは二人組だったんだけど、今度から沙緒里を入れて三人組になるの」

「どうしてそんな面倒なことをするんだ？　一人でデビューさせればいいのに」

　雅紀の質問に絵美子が答えた。

「そういう企画なのよ。話題作りっていうのかしら。テレビ番組でオーディション参加者を募集して、全国から集まった応募者の中からメンバーを選ぶの」

「すごい競争率なんだから！　それに審査もすごく厳しいの。本当は前回のオーディションで三名選ぶはずだったんだけど、合格者が二人しかいなかったの。だからもう一度新メンバー募集っていう形でオーディションが開かれたってわけ」

「泰蔵さんの企画なのよ。トゥインクル・プロジェクトって。業界でも初めての試みだって、注目されてるわ」

二人の話を聞きながら、雅紀は何も知らなかった自分がだんだん恥ずかしくなってきた。

正直、泰蔵がそういう関係の仕事に携わっているとはいえ、雅紀自身は芸能界というものにあまり興味がなかったのだ。

「沙緒里はそんなすごいオーディションに受かったのか」

「ちょっとぉ、知らないで応援したりお祝いくれたりしてたのぉ？」

沙緒里が頬《ほお》を膨らまして雅紀を睨《にら》みつける。絵美子もさすがに呆《あき》れたという表情だ。

「いや、まあ、その……」

「明日もレッスンがあるんでしょう？　お風呂《ふろ》もあるし、早く食べちゃいなさい」

雅紀の窮状を見かねたのか、絵美子が助け舟を出して話題を変えてくれた。

「はあい」

とりあえずこれ以上の追及を免《まぬが》れて、雅紀はほっと胸を撫《な》で下《お》ろした。

沙緒里がテレビに出る……。

それは雅紀にとっても楽しみなことだった。だが、その一方で、沙緒里が遠い存在になってしまうような気がして、雅紀の心中は複雑だった。


天気に恵まれた週末だった。

別段これといった過ごし方も思い浮かばず、雅紀は沙緒里を誘ってみた。

「どうだ、たまには二人でデートでもするか？」

「残念でした。今日はお友達が来るんだ」

沙緒里が家に友達を呼ぶというのは初めてだった。

自分の知らない沙緒里の一面を垣間見《かいまみ》れるような気がして、雅紀は興味が湧《わ》いた。

「へえ、どんな友達なんだ？」

「菜恵《なえ》ちゃんって言ってね、沙緒里の親友なんだ」

親友と聞いてなおさら興味が湧いてくる。考えてみれば、沙緒里の学校生活や交友関係を雅紀はほとんど知らないのだ。

「菜恵ちゃんが可愛《かわい》いからって、手を出したらだめだからね？」

玄関のチャイムが鳴った。

「あ、来た来た。はあい」

沙緒里は小走りに玄関へ向かう。

雅紀も興味本位で玄関の方を覗《のぞ》きに行ってみた。

丁度、少女が玄関を上がるところだった。

雅紀を見て、少女は緊張した様子でお辞儀をした。

「あ、あの酒井《さかい》菜恵と申します」

「あ、どうも」

「どお？　お兄ちゃん、菜恵ちゃんって可愛いでしょ？」

菜恵は顔を真っ赤にして身を縮こまらせている。

「えへへ、菜恵ちゃんのこと可愛いって言ったら、お兄ちゃんがどうしても会ってみたいって言うからさ」

「お、おい、そんなこと誰《だれ》も言ってないぞ」

「え～？　そうだっけ？」

雅紀と沙緒里のやりとりを聞いていた菜恵がくすくすと笑う。

「お兄ちゃんも、一応男だからね。菜恵ちゃん、変なことされないように気をつけてね」

「こ、こら！　変なことなんてするわけないだろ」

「だといいんだけど。Hな本とかいっぱい持ってるの、知ってるんだから」

「さ、沙緒里！　お前なんてことを」

「大丈夫ですよ？　沙緒里っていっつもお兄ちゃん自慢ばかりなんですから」

「え？」

「あ、馬鹿《ばか》！　菜恵ちゃんったら……」

「素敵なお兄ちゃんだって散々聞かされてます」

「いや、そんな、ははは……参ったなぁ」

「う、裏切り者ぉ……さては菜恵ちゃん、お兄ちゃんのこと気に入ったんでしょ？」

沙緒里の指摘に、菜恵が赤面する。

「そ、そんな……もう、沙緒里ったら意地悪しないでよ」

雅紀は、そんな二人のやりとりを微笑ましく眺めていた。

普段家では見ることのできない、沙緒里の表情だった。

「それじゃ、菜恵ちゃん、私《わたし》の部屋に行こ！」

沙緒里が菜恵の背中を押して二階に上がっていく。

「ね？　お兄ちゃんって、からかうと可愛いでしょ？」

「うん」

二人の声が、階下にいる雅紀にも聞こえた。

まったく……遊ばれているのか俺は。

まんざらでもない気分だった。


「ちょっとやつれたんじゃないか？」

例によって着替えを届けに来た社長室で、雅紀は言った。

無精髭《ぶしょうひげ》のせいだろうか。泰蔵は少し痩《や》せたように見えた。

「そうか？　まあ、こんなに根詰めるのも久しぶりだからな。若い頃なら一日二日の徹夜くらいなんでもなかったんだが……」

「絵美子さんも心配していたよ。たまには家に帰っておいでよ」

「まあ、そう言うな。ここが踏ん張りどころなんだ」

泰蔵は机の上に広げている書類を見回して、溜息《ためいき》をついた。

「今、なにをやってるの？」

「ん、これか？　新しい音楽配信サービスを考えてるんだよ。レコード、CDときて、これからはインターネットを使った音楽配信サービスが主流になりそうなんだ。これがどうにも厄介でな。なかなか一筋縄にはいかんよ」

「へえ……」

「とにかく、なにもかもが新しいんだ。旧態依然とした業界の利権構造にしても、消費者のモラルの問題にしても……課題は山積みだよ」

そう言って、泰蔵はこめかみを揉《も》む。

「それもあと一息だ。このプロジェクトが動き出したら、ちょっと面白くなるぞ。どこの大手よりも早くうちが始めることになるんだからな。ちょっとした革命ってやつだ」

「革命かぁ……なんだかかっこいいぜ、親父」

「俺はこのプロジェクトに社運を賭《か》けてるよ。うちだけの問題じゃない。音楽業界全体の未来のためにも、必ず成功させなきゃいけないんだ」

そう言った泰蔵の表情は、雅紀がこれまで見たことのないほど、険しいものだった。どこか鬼気迫るものを感じた。

「お前達《たち》には心配をかけるな。本当に、感謝しているよ」

穏やかな、いつもの泰蔵の顔に戻っている。それを確認して、雅紀も緊張が解けるような気がした。

泰蔵は優しい眼差《まなざ》しで、じっと雅紀の顔を見つめている。

「な、なんだよ。俺の顔になにかついてる？」

「いや……雅紀、お前も随分と大きくなったな」

「い、いきなりどうしたのさ？」

「……俺に何かあった時は、お前が母さんと沙緒里を守ってやってくれよ」

「な、なに縁起でもないこと言ってるんだよ」

「ははは、心配するな。何かなんてそう起こるもんじゃないさ」

「頼むぜ？　親父一人の身体《からだ》じゃないんだから」

「ああ」

泰蔵は力強く頷《うなず》き返した。

ふと、卓上の時計を見る。

「そろそろ沙緒里のレッスンが終わる頃だ。一緒に帰ってやってくれ。応接室で待ってるといい」

第二章　夢

雅紀は社長室を出て、応接室へ移動した。

しばらくして、沙緒里が現れた。

「お待たせ、お兄ちゃん」

「もう帰れるのか？」

「うん」

沙緒里と応接室を出ようとして、通りがかった女性と危うくぶつかりそうになった。

「おっと、すいません」

「ちょっと気をつけてよ」

ウェーブのかかった髪の毛を揺らしながら、少女が雅紀を睨みつける。

「なにカリカリしてるのよ。お客様だったらどうするの？」

少女の後ろから、髪の毛をアップにした別の少女が窘《たしな》めるように言う。

二人ともそれぞれタイプの違った可愛い女の子だった。ウェーブの方は雅紀を睨んでいるものの、どこかおっとりとした感じのある、愛らしいタイプ。その顔立ちとは不釣合いな大きな胸が印象的だ。アップの子の方は、気の強そうな、きりっとした美形だった。

「お疲れさまでした」

雅紀の後ろにいた沙緒里が、二人に気づいてぺこりと頭を下げた。

「あら、もう帰るの？　随分余裕ね」

とウェーブ。

「振り付けくらいちゃんと覚えておいてよ。今日みたいな失敗したら、許さないからね」

居丈高な口調でアップが沙緒里を睨みつけた。

「はい、気をつけます」

沙緒里が神妙な面持ちで応えた。

少女達は雅紀の方に一瞥《いちべつ》をくれて、ふん、と鼻を鳴らすと、事務所の奥に消えて行った。

「なんだよ、あいつら。随分と態度がでかいな……沙緒里の先輩か？」

「沙緒里と同じトゥインクルの先輩で、髪をアップにしてたのが五月女由奈《さおとめゆな》さん。髪を下ろしてた人が北条恵里佳《ほうじょうえりか》さんっていうの」

「え？　じゃあ、同じグループのメンバーなのに、いつもあんな調子なのか？」

「まだ振り付けとか覚えてなくて……今日も一人だけステップミスしちゃったから……」

「それにしたって……」

「ううん。沙緒里のせいだから。大丈夫だよ？　二人とも本当はいい人だから」

「沙緒里がそう言うならいいけど……」

「さ、帰ろ？」

「うん」

雅紀と沙緒里は事務所を後にした。

第三章　絵美子

「パパは、まだ？」

学校から帰ってきた沙緒里が、居間を見回して言った。

よほど泰蔵の帰宅を楽しみにしていたらしい。声には落胆の色があった。

今日は久しぶりに泰蔵が帰ってくる予定だった。

初めて家族四人が揃《そろ》う団欒《だんらん》だ。

「今さっき、これから帰るって電話があったわ」

そう言う絵美子も、なんだかいつもと違って、落ち着かない様子だった。心なしか、普段よりも入念な化粧《けしょう》をしているように思える。

「沙緒里、服を着替えたらちょっと手伝ってもらえる？」

「はぁい、待っててね」

沙緒里は明るく返事をして、制服のスカートを翻《ひるがえ》し、二階へと駆け上がって行った。

今夜の夕食は絵美子が腕によりをかけてのご馳走《ちそう》になるらしい。

絵美子と沙緒里の嬉《うれ》しそうな様子を見ていると、雅紀まで泰蔵の帰りが待ち遠しくなってくる。

「何か手伝うよ」

「あら、嬉しいわ。それじゃ、ビールを用意してくれる？　泰蔵さん、飲むでしょう？」

さすがに絵美子は泰蔵のことをよく判《わか》っている。

第三章　絵美子

泰蔵は夕飯には必ずビールを二本つけるビール党だった。

不意に、居間の電話が鳴った。

「あ、俺《おれ》が出ます」

電話の近くにいた雅紀が、受話器を取り上げた。

「もしもし」

「朝倉さんのお宅でしょうか？」

「はい、そうですけど」

「ご家族の方ですか？」

「はい」

「こちら大藤《おおふじ》総合病院と申しますが、実は、泰蔵さんが自動車事故に遭《あ》われまして……」

「え？　自動車事故⁉」

キッチンの方で何かの割れる音がした。

「……先ほどこちらに救急車で運ばれて来られました」

「そ、それで、親父《おやじ》は？　親父は大丈夫なんですか⁉」

心臓が激しく鼓動し、受話器を持つ手が震える。

「お身内の方は至急いらして下さい」

余程の事態らしいことは、先方の口調からも明らかだった。

泰蔵の容態についての説明はないままに、場所や連絡先を伝えて、電話は切れた。

慌てて書《か》き留《と》めたメモを手に振り向くと、壁に掴《つか》まるようにして絵美子が立っていた。

雅紀を見つめる絵美子の顔から、みるみる血の気が引いていくのが判った。

その場に崩折れそうになる絵美子を支えながら、雅紀も自分を励ましていた。

こんな時こそ、俺がしっかりしないでどうするんだ！

沙緒里を呼び、タクシーで病院へと向かった。


泰蔵が死んだ。

事故当時、夕方から降り出した小雨で路面は滑りやすくなっていたらしい。

スピードを出し過ぎていた泰蔵の車は、何の変哲もないカーブでスリップを起こし、ガードレールに激突、路外に転落したということだった。

このところの疲れが溜《た》まっていたのだろうか？

久しぶりの帰宅で、気持ちが急《せ》いていたのかも知れない。

三人が病院に着いた時には、すでに泰蔵の身体《からだ》は霊安室に運び込まれていた。

実感は湧《わ》いてこなかった。

泰蔵の知人や事務所のスタッフの助けもあって、絵美子が喪主になり、通夜と告別式が行われた。

弔問に訪れた人々は、誰《だれ》も彼《かれ》も、雅紀にとっては面識のない、だがブラウン管ではお馴染《なじ》みの顔ぶればかりだった。

三流ゴシップ紙や低俗なワイドショーのスタッフだろう報道陣も集まって、式場内を駆け回っていた。

そうした一つ一つの情景が、どこか非現実的で、肉親の死という現実を雅紀自身が実感できないままに、気が付くとすべてのことが終わっていた。

事故の知らせを受けた時から、幾度となく、いつだったか泰蔵に言われた言葉を、雅紀は思い返した。

俺に何かあった時は、お前が母さんと沙緒里を守ってやってくれ。

それでも、雅紀の心は、空虚な非現実感の中を漂っていた。

第三章　絵美子

泰蔵の跡を引き継ぐ形で、絵美子が朝倉プロの社長に就任した。

絵美子は仕事に没頭することで、悲しみを紛らわそうとしているようだった。

沙緒里も、泰蔵の死でかなりのショックを受けていた。ようやく出来た父親という存在を、二月もせずに喪《うしな》ってしまったのだから、無理もなかった。時折、ひどくはしゃいでいたかと思うと、ぼうっと一人で考え込んでいたりする。

雅紀も、どこか自分らしさを見失ってしまっているような、そんな日々を過ごしていた。

玄関のチャイムが鳴った。

「あ……私《わたし》が出るよ」

ソファに座っていた沙緒里が立ち上がり、力のない足取りで玄関に向かう。

「お邪魔します」

沙緒里の親友の酒井菜恵だった。

菜恵は、沙緒里の様子を心配してくれているのだろう。泰蔵の葬儀以来、頻繁《ひんぱん》に遊びに来るようになった。

葬儀の間もずっと沙緒里の側《そば》に寄り添って、励まし続けてくれていた菜恵の姿を、雅紀は覚えている。

「シュークリームを作ってきたの。ちょっと格好は悪いんだけど、味の方は自信あるんだ」

「わあ、ありがとう。それじゃお皿持ってくるね」

包みを受け取り、沙緒里はキッチンに向かう。

「……ありがとう」

「え？」

突然の雅紀の言葉に、菜恵は戸惑いの表情を浮かべた。

「沙緒里を支えてくれてさ」

「そんな……私がちょっとでもお役に立ててるなら嬉しいです」

少し照れたように顔を伏せて、菜恵は言った。

「私も前におばあちゃんを亡くして……私、おばあちゃん子だったから、かなりショックだったんです」

雅紀は黙って菜恵の言葉に耳を傾けた。

「その時、沙緒里がずっと側にいてくれたんです。悲しくて胸が押《お》し潰《つぶ》されそうになった私を、ぎゅっと抱きしめてくれてたんです……」

その時のことを思い返しながら話しているような、菜恵の口振りだった。

「だから、今度は私が助けてあげる番だって思ったんです……」

「そうだったんだ」

「でも……沙緒里には雅紀さんがいるから……大丈夫ですよね」

「そんなことないよ。俺なんか……」

「でも、雅紀さんの話をする時くらいなんですよ？　沙緒里が本当に楽しそうに笑うの」

菜恵から言われると、本当にそうなんだろうと思えた。

少しだけ、気持ちが軽くなった気がする。

「歌や踊りのレッスンもあるし、学校の勉強もどんどん先に進んじゃったりで……沙緒里、精神的にかなり辛《つら》かったみたいなんです」

そうだった。

いろんな意味で、沙緒里にとって大事な時期だった。

それなのに俺は……。

「雅紀さんの話題の時だけ、沙緒里ったら元気になるんです」

あらためて、自分に寄せてくれている沙緒里の想《おも》いに、気づかされたような気がした。

こんな話をすることで、菜恵は雅紀を励ましてくれているのかも知れない。

菜恵の優しさが、自分の見失っていた何かを取り戻させてくれたように、雅紀は思った。

「二人を見てると……私にもこんな素敵なお兄さんがいたらいいな、なんて……」

「だめぇ！　お兄ちゃんは沙緒里だけのお兄ちゃんなんだから！」

お皿を持った沙緒里がキッチンから戻ってきた。

「もう、菜恵ちゃんったら。本当はそんなに立派なもんじゃないんだから！　雅紀お兄ちゃんなんて」

「な、なにぃ？」

「うふふ、沙緒里ったら、照れちゃって」

「な、なによぉ、そんなんじゃないもん」

三人の笑い声が重なり合う。

沙緒里のこんな笑顔を見たのは、いつぶりだろう？

雅紀自身、心から笑っている自分に気が付いていて、胸の中に溜まっていた何かが、消えていくような気がした。

「あらあら、楽しそうね。いらっしゃい、菜恵ちゃん」

奥の部屋から絵美子がスーツ姿で現れた。

「お邪魔してます」

「菜恵ちゃんがシュークリームを作ってきてくれたの。ママもどお？」

「ごめんなさい。これから大事な打ち合わせがあるのよ。今日は遅くなりそうだから、ご飯は先に食べてて。菜恵ちゃんも来てることだし、何か出前を取ってもいいわよ」

絵美子は身仕度を整えながら、玄関に向かう。

最近は絵美子が仕事で家を空けることが多くなっていた。

「忙しそうだね」

玄関まで見送りに出て、雅紀が言った。

「向こうも忙しい人だから。それじゃ行って来るわ。菜恵ちゃん、ゆっくりしていってね」

絵美子は微笑《ほほえ》みを残して、慌しく玄関を出て行った。

「世間は休日だっていうのに、絵美子さんも大変だな」

「なんでもすごく偉い人と会うみたいだよ。その人の機嫌を損ねたら、この業界じゃやっていけないんだって」

「業界の大物ってやつか……」

朝倉プロダクションの社長として、片付けなくてはならない問題は山ほどあるのだろう。

それがどれほど大変なものなのか、雅紀には想像もつかなかった。

もし自分一人だったら、どうなっていただろう？

会社のこと、家のこと、雅紀自身のこと。

泰蔵は雅紀に、絵美子と沙緒里を遺《のこ》してくれた。

三人なら、支え合いながら、補い合いながら、なんとかやっていけるかも知れない。

俺もがんばらなくちゃ。

雅紀は力が湧いてくる気がした。


絵美子が訪れたのは、鬼嶋毅《きじまつよし》の邸宅だった。

鬼嶋の名は、この業界で生きる人間達《たち》にとって、特別な意味を持っていた。

芸能界に絶大な影響力を持つ鬼嶋グループの領袖《りょうしゅう》であり、その傘下の数多くの業界関連企業の事実上のオーナーとして絶大な富と権力を持つ彼は、「芸能界の影の首領《ドン》」とも言うべき存在だった。

その力は政界にも及び、裏の世界にも通じていると噂《うわさ》されている。

この業界で仕事をする以上は、必ずなんらかの形で、鬼嶋の息のかかった企業と関《かか》わらざるを得ないとまで言われていた。

朝倉プロダクションも、鬼嶋グループとは仕事上、密接な繋《つな》がりがあった。

業界では中堅と言われる朝倉プロダクションといえども、鬼嶋の機嫌一つでどうにでもなってしまう。

鬼嶋の不興を買った、ただそれだけのことで芸能史の中に埋もれていった多くのタレントや企業を、絵美子は知っていた。

だからこそ、泰蔵の跡を引き継ぐにあたって、絵美子が先《ま》ず考えたのは、鬼嶋との接触だった。


門を通され、いくつもの大きな扉《とびら》を潜《くぐ》って、長い廊下に案内された。

この廊下の突き当たりの部屋で、鬼嶋が待っている。

廊下を進みながら、絵美子は早まる鼓動を必死に抑《おさ》えていた。

求められれば、応じるしかない。

鬼嶋の後《うし》ろ楯《だて》を得れば、朝倉プロダクションは安泰となる。そして、沙緒里の成功は約束されたも同然となるのだ。

覚悟は決めたはずだった。

しかし、その時が迫るにつれ、鬼嶋にまつわる数々の黒い噂が、絵美子の不安を掻《か》き立《た》てた。

何のためにここに来たのか、あらためて自分に確認せざるを得なかった。

絵美子は沙緒里のことを思い浮かべた。

親の欲目を差し引いても、沙緒里の才能は稀有《けう》なものに思えた。

無意識にも、人の心を捉《とら》える、輝き。存在感。アイドルとしての天性の資質を、沙緒里は持っている。

その才能を花開かせるためなら、私はどんなことでもしてみせる。

扉の前に立った時、絵美子の決意は固まっていた。


「お待ちしてましたよ。よく来てくれました。さあさあ、座って」

皺《しわ》の刻まれた顔に柔和な笑顔を浮かべながら、鬼嶋は絵美子を手招きし、近くの椅子《いす》を薦めた。

二〇畳は優にありそうな部屋だった。四囲の壁には絵画が飾られ、調度品はアンティークな欧風のもので統一されている。

「ご無沙汰《ぶさた》しております」

椅子に座る前に、深々と挨拶《あいさつ》した。

鬼嶋に会うのはこれが初めてではなかった。

かつて、絵美子がアイドルだった頃《ころ》、すでに鬼嶋は芸能界を牛耳《ぎゅうじ》っていた。パーティー会場で著名人達に囲まれていた鬼嶋の姿は何度も見ていたし、所属事務所の社長に促されて、挨拶をしたこともある。

あの頃から、もう何年が経《た》ったか。当時すでに老人と言ってよかった鬼嶋の容貌《ようぼう》が、まったく変わらぬままに、今、絵美子の目の前にある。

「君のことはよく覚えているよ。確か、あの頃は西野亜美《あみ》と名乗っておったな」

「よく覚えていらっしゃいますこと。もう大分古いお話ですのに」

「ふぉほほほほ」

鬼嶋はさも可笑《おか》しいというように大声で笑った。

「いやいや……それにしても……」

鬼嶋の、皺深い瞼《まぶた》の奥で妖《あや》しく光る目が、絵美子の身体を下から上までゆっくりと舐《な》め上《あ》げ、値踏むかのように見た。

服の上からであるにも関わらず、強い視線を肌に感じて、絵美子は全裸を晒《さら》しているかのような羞恥《しゅうち》を覚えた。

「なかなかどうして……あの頃よりも大分女に磨きがかかったようじゃなぁ」

「あ…ありがとうございます」

粘着質な圧力のこもった視線に、絵美子は息が詰まりそうだった。思わず、顔を伏せた。

「朝倉君も可哀相《かわいそう》なことをした。こんな美人の奥さんを貰《もら》って間もなく亡くなるとは……

まだまだ働き盛りじゃったろうに」

鬼嶋の声色には故人を悼む思いが込められていた。

「それで？　今日はどういう用件じゃったかな？」

いよいよ本題に入ったと、絵美子は気を引き締めて、鬼嶋の方に向き直った。

「はい、朝倉亡き後、私が朝倉プロダクションを引き継ぎました。しかし何分未熟な上に女の身。是非とも鬼嶋さまのご支援を賜りたいと思いまして、本日お願いに参りました」

「ふむ…支援か……支援するのは吝《やぶさ》かではないが……人間歳《とし》を取ると疑い深くなる。狸《たぬき》の多い世の中じゃて……」

絵美子の真剣な眼差《まなざ》しを受け流すように視線を逸《そ》らし、とぼける。

「絵美子君。お前さんが信用に足る人物かどうか……まず、誠意を見せて貰わんとな？」

絵美子はごくりと生唾《なまつば》を飲み込んだ。

ここが正念場だった。

「よろしければ……私の身体を御自由になさって下さい」

鬼嶋の目が狡猾《こうかつ》な光を帯びた。

「よろしければ、か……よろしくなければ、お前さんはどうするつもりかな？」

絵美子は返事に窮した。すぐに身体を求めてくるものだとばかり思っていたのだ。

しかし、ここまで来て、退《ひ》き下《さ》がるわけにはいかなかった。なんとしてでも、鬼嶋に取り入って、確固たる支援の約束を取りつけなければならない。

「ん〜？　どうしたのかな？」

鬼嶋は絵美子の心中を見通しているに違いなかった。

みすみす掌中に飛び込んできた絵美子のプライドを一片とて保たせまいと、嬲《なぶ》っているのだ。

激しい屈辱感に、ぐっと堪えた。

ここで鬼嶋の機嫌を損ねたら二度とこの業界では浮上できない。いや、存在すら許されないかも知れない。

堕《お》ちるしかなかった。

「私の身体で…鬼嶋様に誠心誠意のご奉仕をさせて頂きたく思います。鬼嶋様のお情けに値するかどうか、ご存分にご賞味《そむ》下さい」

絵美子は立ち上がり、鬼嶋に背を向けると、おずおずとタイトスカートを捲《まく》り上《あ》げた。

肉付きの良い絵美子の臀部《でんぶ》が鬼嶋の前に晒された。

黒のレースのショーツと、やはり黒のガーターベルトが、絵美子の肌の白さを際立たせている。

「ほほう…艶《なま》めかしいのう」

ショーツに指をかけ、ゆっくりと引き降ろしていく。

やがて片足をショーツから引き抜くと、絵美子は絨毯《じゅうたん》の上に四《よ》つん這《ば》いになり、双臀《そうでん》を鬼嶋の方に突き出した。

絵美子の秘所と菊門が、丸見えになる。

羞恥のあまり、意識が遠退《とおの》きかけた。

必死の思いで意識を引き戻し、自らの手で双丘の柔肉を掻き分けるようにして、絵美子は自分の考えうる限りの、恥ずかしい姿勢をとった。

「この私の一番恥ずかしい場所を……ご存分にお愉《たの》しみ頂きたいと存じます」

鬼嶋を満足させるべく、自らを徹底的に貶《おとし》めた痴態を演じた。

左右に開かれて、絵美子の花弁は、その奥にある蜜壷《みつつぼ》までを覗《のぞ》かせている。

蜜壷はうっすらと粘液を湛《たた》え、その淫《みだ》らな本質を雄弁に物語っていた。

被虐の妖しい官能に、溺《おぼ》れるしかなかった。

溺れてしまうことが、絵美子に残された唯一の自衛で

もあった。

「おうおう、愛らしいのう……お前さんは男の悦ばせ方を実に良く心得ておるわい。その肉壺で随分と男を味わったことじゃろうて」

視線の圧力を秘肉の内側に感じて、自分でもはっきり判るほど、蜜壺を窄《すぼ》ませた。

そこが、辛くなるほどに、怒張を求めていた。

「お恥ずかしい話ですが……娘が生まれてからは、ほとんど……」

息が荒くなっている。

「ほほう、性交渉は少なかったというわけか。じゃが…朝倉君とはどうだったんじゃ？」

「あの人は……多忙で疲れていたのか……何度か試みたのですが……」

「なに？　あやつ、お前さんとは出来なかったのか？　うわははは、これはいいことを聞いた。うわははは、愉快じゃ」

鬼嶋は腹を抱えて、げらげらと大声で笑った。

「くふふふふ、それではこの身体じゃ。大分疼《うず》いておったじゃろう？」

絵美子は羞恥に頬《ほお》を染めながら、こくりと頷《うなず》いた。

「どおれ、確かにそう使い込んではおらんようだな、色素の沈着も少ない……」

鬼嶋は絵美子の秘部に顔を寄せ、じっくりと観察を始める。

鬼嶋の息を秘所に感じ、絵美子の全身に震えが走った。

「もっとよく見せてみろ。自分で開くんじゃ」

「は、はい……」

股下《またした》からおずおずと指を差し入れ、絵美子は自ら秘所を割り開いた。

ぴちゃっという湿った音と共に、開かれた花弁の間から溢《あふ》れ出《だ》した蜜が、絵美子の陰毛を濡らした。

鬼嶋は、はみ出した陰唇の端を、つううっとなぞるように指先を走らせた。

「あふぅっ」

絵美子は一瞬電気が走ったような刺激を感じ、びくりと身体を震わせる。

「なかなか良い感度をしておるな。おうおう、膣口《ちつこう》がぽっかりと口を開いておねだりしておるわい」

鬼嶋は舌舐めずりをしながら、絵美子の秘所に指を這わせる。

「どうじゃ、この儂《わし》の前で自ら股を開き、身体の奥まで覗かれる気分は？」

「……は、恥ずかしいです……こんなことって……はううっ」

秘所に押し当てられている鬼嶋の指先を秘孔の奥に導こうと、絵美子は無意識に腰を動かした。

だが、それに気づいた鬼嶋はすっと指を離し、ぴしゃりと臀部を叩《たた》いた。

劣情に支配されつつある自分に気づかされ、激しい羞恥が、一層欲情を掻き立てる。

「ああっ　どうかお慈悲を……私のいやらしいオマンコに鬼嶋様のお慈悲を下さい……」

「そんなにこの儂の慈悲が欲しいか？　それなら先ず、いつもやっているように自分の指でその浅ましいオマンコを慰めてみせなさい」

「は、はい……仰せの通りに……」

もはや抑えようもなく官能に突き動かされていた。

絵美子はいつしか朝倉プロのことも沙緒里のことも忘れて、自慰に耽《ふけ》っていた。

「どうした、もっと指でオマンコを広げてみろ。くくくっ、そうだ、指を入れて押し開くのじゃ」

「は、はい……あ……ああっ……き……気持ちいい……」

鬼嶋の言いなりになっていた。

「ようし、いいぞ。包皮を剥《む》いてみろ……くくくっ、こんなにクリトリスを腫《は》らしおって、まったくお前は淫乱《いんらん》な女じゃなぁ」

「はい……絵美子は……絵美子は淫乱な女です。鬼嶋様に見られながらはしたなく悶《もだ》えております ぅ……」

「もっとクリトリスを擦《こす》り上《あ》げるのじゃ。ふぉほほ、いやらしい汁が太腿《ふともも》まで濡らしておるではないか」

「ああ……あひっ……あひいいぃっ！」

淫芯《いんしん》に当てた指先を小刻みに震わせていた絵美子の身体が、大きく弓なりに反り返った。鞭打《むちう》たれたかのように、びくん、びくん、と身体を痙攣《けいれん》させ、やがて力尽きたのか、絨毯の上に倒れ込んだ。

口端から溢れた涎《よだれ》を拭《ふ》く力もなく、荒い息に全身を震わせている。

「なるほど、お前さんの誠意は十分理解したよ。なにより儂のここが反応しておるからな」

声に誘われて視線を向けると、スーツのズボン越しにもはっきりと判るほどに強張《こわば》った、鬼嶋の股間《こかん》が目にとまった。

絵美子はその異様な盛り上がりから目を離すことができなかった。

鬼嶋はゆっくりとズボンのジッパーを引き降ろし、その怒張を引きずり出した。

「なかなかのものじゃろう？」

笑みを浮かべながら、鬼嶋は自らのものに手を添え、ゆっくりと扱《しご》き上《あ》げる。

絵美子はごくりと生唾を飲んだ。それは絵美子が今まで目にしたどんなものよりも、巨大で、猛々《たけだけ》しかった。

赤黒い肉棒の表面には太い血管が幾筋も浮き出ていて、びくびくと力強く脈打っている。

「どうじゃ、これが欲しいか？」

絵美子はまるで熱病に冒《おか》されたかのように、何度も頷く。

「お前さんの誠意に免じることにしよう。朝倉プロの支援とお前さんの娘のことは儂が引き受けてやる」

「ほ、本当ですか？　沙緒里のことも…」

「ふむ。お前さんの娘はお前に似て器量良しだ。将来性も十分ありそうじゃしのう」

「ありがとうございます。何と御礼を言って良いか……」

「だからな…安心して悶え狂うが良い。良いな」

「は、はい……」

好色そうな鬼嶋の言葉に、絵美子ははにかんだような笑みを浮かべた。

その笑みが、目的を果たせたという安堵《あんど》によるものなのか、今から始まる快楽への期待によるものなのか、絵美子にも判らなかった。

「さあ、儂を楽しませてくれよ」

絵美子の尻《しり》を、鬼嶋の手が左右に押し開く。

きゅっと締まった菊門の下に、粘液に塗《まみ》れた絵美子の淫唇が綻《ほころ》んでいる。

「これなら前戯の必要はあるまい」

鬼嶋は怒張の先端を膣口にあてがうと、一気に絵美子の中に押し入った。

「かはぁっ！　ひっ……ぎぃいぃっ……」

まだ茎の半分も挿入《そうにゅう》されていないというのに、絵美子は下腹がせりあがってくる感覚に歯を食いしばった。

下腹部を抉《えぐ》られるような苦痛と、肉の餓えを満たす、甘い悦び。

絵美子の肌に、汗が滲《にじ》み出《だ》す。

「むうう、いいぞぉ。なんという……まるで生娘のように抵抗しながら、それでいて貪欲《どんよく》に引き込みよるわ」

鬼嶋の言葉通り、絵美子の成熟した膣孔は、悲鳴を上げながらも凶悪な肉塊を呑《の》み込《こ》んでいく。

突き入れては少し戻し、戻してはさらに深く突き入れる。

鬼嶋は絵美子の中に深々と怒張を潜り込ませていく。

「ひっ……あっ……お、お腹《なか》が裂けちゃうぅ……」

絵美子が、その美しい貌《かお》を苦悶に歪《ゆが》めた。

「なにを言っておる。このくらいで裂けたりはせん」

冷たく言い放つと、鬼嶋は猛然と腰を振り始めた。

極太の陰茎《いんけい》がぎりぎりまで引き抜かれ、次の瞬間には激しく突き込まれる。

そのたびに、二人の接合部は、ぐっちゃ、ぐっちゃ、と生々しい音を立てた。

「くうっ、ううっ、出すぞ、いいか、出すぞ!」

永遠とも思えるような抽送《ちゅうそう》の果てに、鬼嶋が呻《うめ》くように言った。

「出してぇ……絵美子の中に鬼嶋様のものを……いっぱい出してくださいっ」

絵美子の腰をしっかりと抱きかかえ、鬼嶋は一心不乱に腰を振り続ける。

「きてぇ……も、もう……きてぇぇ！」

「まだ、まだだ……あうっ、うっ、おおおっ！」

びくっ、びゅくっ、びゅくっ……。

ついに鬼嶋の腰が激しく震え、絵美子の胎内に夥《おびただ》しい量の白濁液を迸《ほとばし》らせた。

「あっ……あはぁ、あっ……あああんっ……」

自分の肉の内に鬼嶋の精液を浴びながら、絵美子は何度目かの絶頂に達した。

「儂としたことが、つい夢中になってしまったわい……」

最後の一滴まで吐き出し終え、鬼嶋はゆっくりと陰茎を絵美子の股間から引き抜いた。

絵美子は、床の上に蹲《うずくま》ったまま、動かない。時折、ぶるっと身を震わせるたびに、男根を受け入れた形のままの蜜壺から、鬼嶋の精液が流れ出した。

鬼嶋と絵美子の行為が終わるのを待っていたかのように、部屋の奥からメイドが現れた。

倒れている絵美子には目もくれず、鬼嶋の前に跪《ひざまず》くと、淫液《いんえき》に塗れたその陰茎を自らの口に咥《くわ》えた。

絵美子の蜜を舌先で舐め取り終わると、丁重な手付きでズボンの中に仕舞い込み、一礼してまた部屋の奥へと消えて行った。

「ふむ、面白いことを思いついたぞ」

ようやく気を取り戻し、気怠《けだ》るそうに身体を起こす絵美子を見下ろしながら、鬼嶋は呟《つぶや》くように、言った。

「朝倉君には一人息子がいたな?」

「はい」

絵美子は鬼嶋の問いかけの意味を判じかねて、不安げな表情で頷く。

「くくっ、絵美子君、儂はいいことを思いついたよ……」

「いいこと……ですか?」

「あぁ、とっても楽しいことだ。絵美子君、儂をもっともっと楽しませてくれたまえよ」

絵美子の目の前で笑う鬼嶋の顔が、次第に邪悪なものへと変わっていった。

第四章　背徳

「雅紀さん、お邪魔していいかしら？」

突然扉《とびら》がノックされ、絵美子の声が聞こえた。

雅紀は、突然の絵美子の来訪に驚いた。

「あっ、ちょ、ちょっと待って下さい」

慌てて部屋の中を確認する。特に見られてまずいものはなかった。

「い、今、開けます」

絵美子が入ってきた。

手に持っていた紙袋をテレビの上に置き、興味深そうに部屋の中を眺めている。

化粧《けしょう》の匂《にお》いだろうか、ほのかに甘い香りが鼻腔《びこう》をくすぐる。

絵美子が急に振り返り、雅紀はどきりとした。

「どうしたの？」

「い、いえ、なにも」

変に意識してしまって、どうにも声が上擦ってしまう。

「どうしたんですか？　こんな時間に」

深夜と言っていい時間だった。沙緒里はすでに寝てしまっている。

「え？　ええ、ちょっと雅紀さんに相談したいことがあって……」

俺《おれ》に相談？　一体なんだろう？

雅紀は絵美子の言葉を待った。

「今、トゥインクルの新しいマネージャーを探しているんだけど、まだ適任者が見つかっていないのよ」

「マネージャーですか？」

「今までは私《わたし》が沙緒里のことを見てきたけど、私も忙しくなってきちゃって……安心して沙緒里を任せられる人が必要なの。それで、雅紀さんにお願いできないかと思って……」

「お、俺ですか⁉」

突然の絵美子の提案に、雅紀は驚きの声を上げた。

「大丈夫よ。雅紀さんならきっといいマネージャーになれるわ」

「だけど、俺、マネージャーなんてやったことないし……」

「誰《だれ》にでも初めてはあるものよ。私もサポートするし、なにより沙緒里が喜ぶと思うのよ」

絵美子の言葉は雅紀の心を動かした。

沙緒里が喜んでくれる……確かにそうかも知れない。

マネージャーになれば、いつも沙緒里の側《そば》にいて、守ってやることもできる。

でも、俺にマネージャーなんて仕事ができるだろうか？

「ね？　お願い」

いつの間にか、絵美子の顔がすぐ近くにあった。

潤んだ瞳《ひとみ》がじっと見上げ、沙緒里によく似た口元がふっと微笑《ほほえ》んだかと思うと、雅紀はそのままベッドに押し倒されていた。

「な、なにを……⁉」

「静かにして。沙緒里が目を覚ましちゃうでしょ」

ベッドに仰向《あおむ》けにされた雅紀の上に、絵美子が圧《の》し掛《か》かってくる。

薄手のサマーセーター越しに、柔らかな乳房の感触が伝わってきた。

そのたっぷりとした膨らみの中心に、硬く張り詰めた突起があることに雅紀は気づいた。

「ふふっ　判《わか》る？　ブラジャーしてないのよ」

そう言いながら、絵美子は雅紀の胸に乳房を押し付けるように、身を捩《よじ》った。

乳房と、乳首の感触を、意識せざるを得ない。

絵美子の掌《てのひら》が、雅紀の股間《こかん》に触れた。

「あっ　そ、そんな……」

「あら、もうこんなになってるじゃないの」

雅紀のズボンの前を指先で撫《な》で上《あ》げながら、絵美子は艶然《えんぜん》と微笑んだ。

身体《からだ》は正直だった。事態が良く飲み込めていないながらも、雅紀の股間はすでに硬くなっていた。

絵美子は、雅紀の耳元に甘く囁《ささや》いた。

「沙緒里はとっても大事な私の娘よ。その沙緒里を守ってくれるなら、やっぱりご褒美が必要だと思うの」

「ご褒美って……」

「私の身体じゃ不満？」

絵美子の甘い吐息を嗅《か》いでいるうちに、雅紀は頭の奥が痺《しび》れるような気がした。

状況を理解しようとする理性的な意識と、込み上げてくる衝動が、激しい衝突を起こして、雅紀は混乱した。

悪戯《いたずら》っぽく微笑みながら、絵美子は雅紀の両足の間に身体を潜り込ませた。

しなやかな指先でズボンのジッパーをジリジリと降ろしていく。

「あっ、ああっ、そんな！　だめですよ⁉」

「しーっ、大声を出すと隣で寝ている沙緒里が起きちゃうわよ？」

絵美子の言葉に雅紀は慌てて口を噤《つぐ》む。

そうしている間にも、絵美子は雅紀のものを取り出した。

髪を掻《か》き上《あ》げ、口に含んだ。

「うっ」

温かく湿った絵美子の口腔《こうこう》粘膜を感じ、雅紀は思わず呻《うめ》いた。

「んくっ……んっ……んむぅ、すごい、一段と大きくなったわ」

絵美子は嬉《うれ》しそうな声を上げた。

あらためて亀頭《きとう》部分を咥《くわ》え直し、肉茎に添えた手を扱《しご》き上《あ》げるように動かし始めた。

「あっ……ううっ……」

雅紀は蕩《とろ》けるような快感に、身を捩る。

亀頭部を喉奥《のどおく》まで呑《の》み込《こ》むように咥え、唇を窄《すぼ》めて大きく頭を上下させる。

舌先で縊《くび》れた部分を丹念に舐《な》め上《あ》げた。

痺れるような鋭い快感が、雅紀の背筋を駆け上る。

「どう？　こういうこと初めて？」

絵美子の問いに、雅紀は応《こた》える余裕がなかった。

雅紀は、絵美子のきめ細やかな口腔奉仕に、ただ喘《あえ》ぎ続けるだけだった。

「もっともっと……気持ちよくしてあげるわね？」

言いながら、尖《とが》らせた舌先を鈴口に捩《ね》じ込んでくる。

「うっ……うあっ……」

「こんなに滲《にじ》ませて……いけない子ね」

雅紀の先端から滲み出した透明な液を、絵美子は嬉しそうに舌先で舐め取った。

頭の奥に霧がかかっているようで、雅紀の思考力は麻痺《まひ》していた。

あの上品で、知的で、美しい絵美子が、まるで淫乱《いんらん》な痴女と化したかのようだった。

あろうことか、喜悦の表情を浮かべながら、自ら雅紀の股間に顔を埋めて、夢中に舌を揮《ふる》い続けている。

もっと気持ち良くなりたい……。

それが、義理の母との許されぬ行為であると判りながら、込み上げる獣欲が理性を圧殺した。

我知らず、雅紀は絵美子の後頭部を押さえていた。

雅紀のその無言の要求を、絵美子は理解した。

「んっ……ちゅっ……んっ……んぶっ……」

絵美子は雅紀の手の動きに合わせてペニスを喉奥まで咥え込み、唇で扱き上げていく。

「あっ……はぁっ……うっ……くうっ……」

雅紀の頭の中が、快感に白熱した。

絵美子の頭を押さえつけながら、込み上げてくる衝動を必死に堪えていたが、すぐに限界が訪れた。

「あうっ！」

絵美子の口内で、張り詰めていたものが、弾《はじ》けた。

「んっ！　……んくっ……んっ……んごくっ……」

喉奥に激しく当たる精液を感じながら、絵美子は喉を鳴らしてそれを嚥下《えんか》した。

身を捩り、最後の一滴まで吐き出そうとする雅紀のものを、強く、深く、吸い上げた。

「うふふ……飲んじゃった……」

絵美子の呟《つぶや》きに、雅紀は我に返った。

「ご、ごめんなさい。俺、どうかしていたんです。絵美子さんにこんなこと……」

射精によって興奮は急速に醒《さ》め、とんでもないことをしてしまったという後悔の念が、込み上げてくる。

「自分だけ楽しんで終わるつもり？」

言いながら、絵美子は、まだ硬さを保っている雅紀のペニスを再び口に含んだ。

「んっ……ちゃぷっ……んぷっ……」

舌と唇を巧みに使い、萎《な》えようとする雅紀の劣情を煽《あお》る。

「あうっ……そ、そんな、はうっ……」

射精直後で敏感になっている雅紀の身体を、鋭い快感が走った。

「静かに……沙緒里が起きちゃうでしょ」

目を細めて微笑むと、絵美子はペニスへの刺激をさらに加えていく。

雅紀は、自分の中で収まりかけていた官能が再び頭を擡《もた》げてくるのを感じた。

雅紀のものが、十分な強張《こわば》りを取り戻したのを確認して、絵美子は、ゆっくりと身体を起こした。

第四章　背徳

「もっと楽しませてあげる」

そう呟くと絵美子はスカートを脱ぎ、ショーツをゆっくりと引き降ろした。

上半身にはサマーセーターを着たまま、引き締まったウエストから下には一糸も纏《まと》わぬ格好になった。

絵美子の肌は、きめが細かく滑らかで、染み一つない。その白さの中央に、淡い茂みが浮かんでいる。

畏《おそ》れるように、雅紀は視線を逸《そ》らした。

絵美子は膝《ひざ》でにじり寄るようにして、雅紀の腰に跨《また》がり、雅紀のものに手を添え、その先端を自分の股間に押し当てた。

一瞬、禁忌《きんき》と誘惑が、雅紀の中で交差した。義母との行為に対する禁忌と、目の前にある魅力的な姿態に溺《おぼ》れる誘惑。

絵美子は、おもむろに腰を落とした。

濡れそぼった肉壺《にくつぼ》は、わずかな抵抗も束《つか》の間《ま》、雅紀のものをずるっと呑み込んだ。

「あっ、あはあああっ」

内肉を擦り上げられる感触に、絵美子は歓喜の声を上げた。

熱く湿った柔肉が、迎え入れた雅紀のペニスをきつく締めつける。

「うっ……ううっ……」

雅紀も、身を灼《や》くような快感に、呻き声を洩《も》らす。

「……私のなか、気持ちいい？」

深く繋《つな》がった状態で、絵美子は雅紀の身体に覆《おお》い被《かぶ》さりながら、囁いた。

絵美子の体重と、柔らかな尻《しり》の感触が心地いい。

雅紀の肉棒を包み込んだ絵美子の淫肉《いんにく》は、収縮し、ひくついて、ただそれだけで雅紀の思考力を奪うに十分だった。

無我夢中に、雅紀は頷《うなず》いていた。

絵美子はゆるゆると腰を動かし始めた。ペニスが抜けそうになるまで腰を上げ、そしてまた腰を降ろす。

「はあっ……ああん……」

絵美子の膣《ちつ》は、挿入《そうにゅう》されている男根の硬さを確認するかのように、時折きゅっきゅっと締めつけてきた。

そのたびに、雅紀の腰から背中にかけて、びりびりと快感が走る。

「んっ……はっ……はあっ……あふぅ……」

絵美子は、快感を貪ることに意識を集中させているようだった。腰を浮かせ、沈めるという行為に、没頭している。

「あぁっ……も、もう……」

絵美子の淫《みだ》らな腰使いに、雅紀は幾度となく堪え切れなくなる瞬間を感じた。上擦った声を漏らす。

「まだ、だめよ。堪えて」

絵美子の声に、雅紀は必死に応えた。

絵美子に対する義務感や、快感への執着よりも、義母の胎内に放出するということへの禁忌が、そうさせた。

しかし、絵美子は一層激しく腰を揺り動かし、雅紀の官能を嬲《なぶ》るのだった。

「はあっ……はあっ……いいわ、すごくいいっ……」

絵美子の中から男根を抜き出して、放ってしまいたかった。

その一方で、その瞬間まで、絵美子の中に包まれていたいという欲望もある。

「いい子ね……もう少し……お義母《かあ》さんがイクまで……もう少し辛抱するのよ……」

絵美子は義理の息子との行為という背徳感に、欲情を煽られているようだった。

その昂《たか》ぶりが雅紀にも伝わり、二人の快感をさらに高みへと押し上げていく。

「あぁっ……な、中で……出していいのよ？　いいから……もっと…ああっ」

「な…中で……？」

雅紀は震えるような声で呟いた。

「今日は……大丈夫な日だから……お義母さんの中に…いっぱい出してっ！　あぁっ！」

迷いはあったが、一層の昂ぶりは否めなかった。

心のどこかに、思い切りその肉の中へ放出してしまいたい欲望があったのだ。

「だから……もっと…もっと突いてぇっ！」

両手で絵美子の腰をしっかりと掴《つか》み、雅紀は渾身《こんしん》の力を込めて、腰を突き上げた。

「ああっ！　ひいっ！　そ…そうよっ！　いいわっ！　ああっ！」

喘ぐ絵美子の身体がベッドの上で跳ねる。

雅紀の荒々しい突き上げに、膣肉がぎゅうっと締まり、絵美子は喉を反らせた。

「あはあぁっ、い、くううっ……あああんっ」

「くうっ！」

猛烈な射精感を必死に堪えていた雅紀は、絵美子が絶頂を迎えると同時に、その胎内に思いっきり放出した。

ぶるぶるっと全身を戦慄《おのの》かせ、絵美子は雅紀の身体に突っ伏した。

雅紀の身体にしがみつくようにして、余韻に浸っている。雅紀のものが、絵美子の中で、脈動を繰り返している。

第四章　背徳

「あぁっ……入ってくるぅ、雅紀さんの精液がいっぱい子宮に当たってるぅ……」

長い緊張があって、やがて絵美子の全身が弛緩《しかん》した。

雅紀の耳元で、絵美子の荒い息遣いが聞こえている。

時々思い出したように、絵美子の膣がまだ中にある雅紀のものを締めつけてきた。

雅紀は、激しい虚脱感と自己嫌悪に陥っていた。

安全日とは言え、義理の母の膣内に出してしまった。

越えてはいけない一線を越えてしまったのだ、と、別の自分が呟いたような気がした。


「そんなに悩まないで」

身仕度を終えた絵美子が立ち上がる。

「雅紀さんも沙緒里を可愛《かわい》く思うでしょう？」

「はい……」

「沙緒里の夢を叶《かな》えるためにも、私達《たち》は協力し合わないといけないのよ」

「だからって……こんなこと……」

義理の母親の身体を激しく貪ってしまった、先ほどまでの行為を思い出す。

雅紀の中では、それとこれとはどうしても別々の問題に思えた。

「大丈夫。これは私達家族に必要なことなのよ」

雅紀の不安を見透かしたように、絵美子が微笑む。

「……本当に？」

「ええ。だから私を信じて、私の言うことを聞いて？　そうしたらきっと上手《うま》くいくわ」

雅紀の頬《ほお》に軽くキスして、絵美子はテレビの上に置いてあった紙袋を手に取ると、部屋を出て行った。


翌日。絵美子は得意先への用事があって遅くなるということだった。

「お兄ちゃん、今夜は何が食べたい？」

レッスンから帰ってきた沙緒里が、冷蔵庫の中身を確かめながら聞いてくる。

「お肉があるから野菜炒《いた》めにしようかな？　ベーコンとコンソメでスープも作れるし」

「俺はなんでもいいよ」

雅紀は居間のソファに寝転がったまま、生返事を返した。

絵美子とのことがあって、雅紀は沙緒里と顔が合せ辛《づら》かった。

なるべく普段と変わらないように振舞おうと意識するのだが、意識すればするほど、どこかぎこちなくなってしまうのが、自分でも判った。

「なんか変だなぁ。お兄ちゃん、沙緒里に何か隠してない？」

沙緒里の指摘に、どきりとした。

思わずソファから身体を起こす。

「そ、そんなことないぞ？」

見ると、沙緒里が居間の入り口からこちらを睨《にら》んでいた。

とっさに顔を伏せた。

「嘘《うそ》つき。沙緒里、知ってるんだぞ？」

「な、な、なんのこと？」

昨夜のことを言っているのだろうか？

まさか、声が聞こえていたのだろうか？

緊張のあまり、動悸《どうき》が早まり、目の前が昏《くら》くなる。

「お兄ちゃん、トゥインクルのマネージャーになるんでしょ？」

「え？」

拍子抜けする思いだった。

どっと、疲れが雅紀を襲った。

「隠しておいて、沙緒里を驚かすつもりだったんでしょ？　そんな手に何度も引っ掛かりませんよぉだ」

「義母さんから聞いたのか？」

「当たり！　へへへ、残念でした」

昨夜は返事を濁したつもりだったが、絵美子は承諾と受け取っていたらしい。

「マネージャーか……俺に出来るかなぁ？」

「出来るよ！　お兄ちゃんなら、マネージャーなんてちょちょいのちょいだよ」

「一応仕事なんだぞ？」

「ママだって、お兄ちゃんはマネージャーに向いてるって言ってたよ？　私もそう思うし」

「……そうかなぁ？」

「いまさらやだとか言わないでよ？　沙緒里、すっごく楽しみにしてるんだからね」

屈託なく喜ぶ沙緒里。

マネージャーになればいつも沙緒里の側にいられる。

昨夜の絵美子とのことは抜きにしても、沙緒里のためにマネージャーを引き受けよう。

雅紀はそう思った。


「ふぉほほほ……なかなかよく撮《と》れておるわ」

「あ……ありがとうございます」

鬼嶋の満足気な声に、苦しそうな絵美子の声が応えた。

例の部屋だった。

壁に設置された巨大なスクリーンに、雅紀と絵美子の行為が、映し出されている。

絵美子自身が紙袋に忍ばせた小型ビデオカメラで撮ったものだった。

昨夜の出来事は、すべて鬼嶋の嗜好《しこう》を満足させるために、行われたのだ。

「おうおう、あんなに美味《うま》そうにしゃぶりおって、そんなに息子の一物は良かったか」

「は……はい」

絵美子は頷くしかなかった。

朝倉プロと沙緒里のために、義理の息子とまで関係してしまったのだ。しかも、本気で気をやってしまったことも、すべてビデオに収められている。

恥辱のビデオ鑑賞だった。

絵美子は全裸で椅子《いす》に手足を縛りつけられていた。両足を大きく開いた格好で、恥部が室内灯に照らし出されている。

そしてその剥《む》き出《だ》しの恥部から、異様なものが生《は》えていた。

微《かす》かなモーター音を立てながら、妖《あや》しく蠢《うごめ》いている。

巨大なバイブレーターだった。

「息子相手にあんなに激しく腰を振っちゃって、まったく畜生《ちくしょう》よね」

鬼嶋に寄り添っている少女が、無邪気そうに声を挙げて笑う。

少女の名前は大森美憂《おおもりみう》。鬼嶋グループの芸能プロダクションの一つに所属しているロリータフェイスが売りの人気アイドルだ。

鬼嶋に気に入られ、時々こうして鬼嶋の屋敷に遊びに来ていた。

娘のような年頃《としごろ》の少女の前に晒《さら》されるのも屈辱的だったが、淫らな悦びに我を忘れる様を見られてしまうのは、屈辱を通り越して惨めだった。

せめて鬼嶋に可愛がられることで自分を慰めたかったが、牝奴隷《めすどれい》としてすら、絵美子は最下級の立場であると思い知らされた。

一方の美憂は鬼嶋の寵姫《ちょうき》であり、それに比べれば、絵美子は人間以下の玩具《がんぐ》でしかないのだ。

美憂の機嫌を損ねると鬼嶋に対して何を言われるか判らない。

絵美子は唇を噛《か》み締《し》めながら、ただ堪えるしかなかった。

鬼嶋はビデオを見ながら美憂のスカートの中に指先を差し入れ、その秘所を弄《いじ》っていた。

美憂もその幼い顔立ちをうっすらと上気させ、欲情に瞳を潤ませて、鬼嶋の股間を撫《な》で擦《さす》っている。

「中出しさせる約束もきっちりと守ったようじゃなぁ」

スクリーンでは、絵美子が雅紀の肉棒を引き抜いた所だった。

ビデオカメラに向って、絵美子が股間を大きく開いて見せる。その濡れそぼる蜜壺《みつつぼ》から濃厚な精液が溢《あふ》れ出《だ》し、滴り落ちた。

「あんな濃いのを出されちゃったら、出来ちゃっても仕方ないわね」

酷薄な笑みを浮かべながら、美憂は汚いものでも見るように、絵美子に視線を向けた。

鬼嶋も満足そうに頷く。

「儂《わし》もあらゆる放蕩《ほうとう》を味わい尽くしておるからな。ありきたりなものでは満足せんのだよ」

そう言いながら、鬼嶋は手にしていたリモコンを玩《もてあそ》ぶ。

「はうううっ……」

絵美子の股間で蠢いていたバイブレーターの振動が激しさを増した。

「あっ……ああっ……後生ですから……あひいっ……」

絵美子は許しを乞《こ》うが、もう言葉にならない。かれこれ一時間近く嬲られ続け、何度達したか判らなかった。

何度かは、気を失いもしたはずだ。そのたびに、バイブの振動で意識を取り戻した。

すでに精も根も尽き果てていた。

「きゃはは、それ面白そう～。鬼嶋様、そのリモコン、美憂にも貸してください」

「あまり激しくしてはだめじゃよ。壊れてしまってはつまらんからな」

「は～い」

愛らしく返事をしてリモコンを受け取り、おもむろに目盛を最大に上げた。

「ひぎぃっ⁉　あぐぐうぅぅ‼」

凶悪とも言える勢いで、絵美子の中でバイブが暴れ出す。

絵美子は激痛に白目を剥き、口端から泡《あわ》を吹いた。

「きゃははは！　ごめんなさ～い。美憂、間違えちゃったぁ」

目盛が下げられた。がっくりと項垂《うなだ》れた絵美子の股間から、ちょろちょろと小水が漏れた。尻を伝い、絨毯《じゅうたん》の上に零《こぼ》れ落ちて、染みを広げていく。

「いやだぁ。おばさん、オシッコ洩らしちゃってるよぉ。汚～い」

「これこれ、あまり強くしてはいかんと言ったじゃろう」

鬼嶋は荒い息を吐いている絵美子を横目で見ながら、美憂からリモコンを取り返した。

「絵美子君、君の忠誠心はよく判ったよ。安心したまえ。悪いようにはせんからな」

「は、はい……」

汗と涙と涎《よだれ》に塗《まみ》れながら、絵美子は力なく返事した。

第五章　芸能界

トゥインクルのマネージャーとしての初出勤の日が来た。

今日からは、雅紀も朝倉プロダクションの一社員として働くのだ。

社長室で絵美子に対面した時は、不思議な感慨があった。泰蔵の死以来、ここに来たのは初めてだった。数週間前には泰蔵がいた場所に、今はスーツ姿の絵美子がいる。

社長室で見る絵美子は、家での印象よりも厳しげな、社長と呼ぶに相応《ふさわ》しい威厳を備えているように感じた。

「失礼します」

声がして、三人の少女が部屋に入ってきた。

五月女由奈。

北条恵里佳。

そして、沙緒里の三人だ。

彼女らが、朝倉プロダクション一押しの新人アイドルユニット「トゥインクル」だった。

そして、雅紀は今日からこの三人専属のマネージャーとなるのだ。

「今日からトゥインクルのマネージャーを務めてくれます、朝倉雅紀君です」

「朝倉雅紀です。よろしくお願いします」

絵美子の紹介を受けて、雅紀は挨拶《あいさつ》をした。

「なんだか頼りないマネージャーね」

と由奈。

「大丈夫かしらねぇ」

と恵里佳。

歯に衣着《きぬ》せぬ物言いの二人を、沙緒里は心配そうな表情で見守っている。

「この業界のことはまだよく判《わか》りませんが、一生懸命かんばります」

「ま、私達《わたしたち》の足を引っ張らないようにしてよね」

「そうそう、誰《だれ》かさんだけ贔屓《ひいき》にするっていうのも無しにして欲しいわね」

沙緒里の顔がぱっと赤くなる。

「そ、そんなことはしません。俺《おれ》……いや、私は三人のマネージャーですから」

「それを聞いて安心したわ」

恵里佳がたっぷりと含みのある声で言った。

由奈と恵里佳の二人は、もともとそういう性格なのか、なにか理由があってのことなのか、ことあるごとに妙に絡んでくる。この二人ともこの先上手《うま》くやっていかなくてはならないと思うと、雅紀は気分が暗くなるのだった。

「とにかく」

絵美子が言った。

「今日からトゥインクルのマネージャーは雅紀さんです。仕事上のことはなんでも彼に相談して頂戴《ちょうだい》」

「相談に乗れるんなら良いんですけどね」

由奈はそう言って恵里佳と顔を見合わせて、くくっと笑った。


こうして雅紀のマネージャーとしての日々が始まった。朝倉プロの先輩マネージャー達から基本的なノウハウを教わり、時には絵美子のアドバイスを受けながら、なんとか仕事をこなした。由奈や恵里佳の態度は相変わらずだったが、沙緒里と一緒にいられることが、なによりも励みになった。


その日はスタジオでの公開録画だった。

現地集合の予定だったのだが、不運にも雅紀を乗せたタクシーが渋滞に巻き込まれてしまった。局の前でタクシーを降りて、時計を見た。ぎりぎり間に合った、と思いながらも、駆け足で控え室に向かう。

控え室に入った途端、

「なにやってたのよ!? 遅いじゃない！」

由奈の怒声が飛んできた。

「すみません。途中で事故があって道路が混んじゃって……」

「理由なんてどうでもいいの！　衣装が来ないと私達仕事にならないのよ⁉」

控え室は険悪な空気に包まれた。

雅紀が平謝りに謝っても由奈の怒りは収まらず、恵里佳はそれを面白がっているようで、沙緒里はおろおろしていた。

その時、誰かが控え室の扉《とびら》をノックした。

「着替えは終わったかな？」

入ってきたのは、羽家沢雅彦《うかざわまさひこ》だった。羽家沢はアイドルを専門に活躍しているフリーランスのスタイリストだ。センスやテクニックはもちろん、穏やかな物腰と人柄の良さで、多くの女性タレントから信頼されている人物だった。

羽家沢は一瞬で険悪な雰囲気を感じ取ったようだ。

「ん、どうした？　なんだか空気が重いぞ」

「だってぇ、マネージャーが遅刻して、今衣装が届いたばっかりなんです」

「こんな時間じゃゃ、もう間に合いませんよ」

由奈と恵里佳が口々に文句を言う。

「はははは」

突然、羽家沢は弾《はじ》けるように明るい笑い声を上げた。

「なんだ、そんなことか。一体どんな大事件が起きたのかと思ったよ」

笑いを噛《か》み殺《ころ》しながら言う。

「大丈夫、大丈夫。まだ十分間に合うよ。さあ、僕も手伝うから、準備しようじゃないか」

「羽家沢さんがそう言うなら……」

「恵里佳も準備しちゃおっかなぁ」

「そうそう、みんな由奈ちゃんや恵里佳ちゃんを待っているんだからさ。とびっきりの笑顔を見せてあげようよ」

雅紀にしてみれば地獄に仏、控え室に羽家沢、といったところだった。あれほど非協力的だった由奈と恵里佳が、むしろ積極的に準備を始めた。

沙緒里もほっとした様子だった。

「トゥインクルの皆さん、スタジオ入りお願いします」

アシスタントディレクターが呼びに来たのは、丁度三人の準備が終わったときだった。

「さあ、元気良く行っておいで！」

「はい！」

羽家沢に景気づけられ、三人は明るい返事を残して元気に控え室を飛び出して行った。

三人が控え室を出て行き、張り詰めていた空気がすうっと緩《ゆる》む。

「マネージャーも大変だな」

近くにあった椅子《いす》を引き寄せ、羽家沢が腰を降ろした。

「助かりました」

「口では色々憎まれ口を言ってるけど、あの娘《こ》達だって、番組に穴を開けるとどうなるか判っているよ」

言いながら、羽家沢はポケットからキャンディを取り出す。

「食べるかい？」

「頂きます」

キャンディを受け取り、口に入れた。どこか懐かしい甘さが、口の中に広がった。

「まぁ、いろいろと大変だろうけど、かんばれよ」

「はい」

慣れない芸能界で悪戦苦闘する日々だけに、こういう一時はとても嬉《うれ》しかった。

取るに足らない、愚痴交じりの雅紀の話を、羽家沢は終始穏やかに聞いている。

聞き上手というのだろうか？　羽家沢に向かって話しているうちに、雅紀の胸にわだかまっていたものは消え、なんだか元気が出てくる。

羽家沢が大勢のタレントに好かれるのも判る気がした。

収録が終わり、お疲れさまの声と共に、タレント達が続々とセットを降りてくる。

スタッフ達と挨拶を交わしながら、沙緒里らも降りてきた。

「お疲れさま」

雅紀は拍手で三人を迎えた。

「いやぁ、良かったよ。トゥインクル、最高だね」

横合いからそう言いながら近づいてきたのは、人気音楽プロデューサーの松岡巧《まつおかたくみ》だった。音楽プロダクション「ＴＭファクトリー」の代表であると共に、自身も作詞作曲を手掛ける多才ぶりで、次々と新人アイドルのプロデュースを成功させ、今業界で最も注目を浴びる「時の人」だ。

とはいえ、雅紀はあまりこの男を好きじゃなかった。

いつも軽薄そうな笑顔を絶やさず、それがかえって無表情を作り出し、露骨すぎるほど欲望に忠実な彼の言動が一体どこまで計算されているものなのか判らない。

女性関係の噂《うわさ》も派手で、どうしてこんな男が持《も》て囃《はや》されるのか、雅紀にはよく判らなかったが、それでも松岡とお近づきになりたがる人間が多いことは確かだった。

「沙緒里ちゃん、良かったよ。アドリブ効いていたねぇ」

松岡のお目当ては沙緒里だった。雅紀が松岡を嫌う一因でもある。

「ありがとうございます」

沙緒里はぺこりと頭を下げる。

「いやぁ、沙緒里ちゃんが入ってからトゥインクルも垢抜《あかぬ》けたよ」

由奈と恵里佳は他のスタッフ達とにこやかに話しているが、聞こえていないはずはない。

「沙緒里ちゃん、声質が良いし、可愛《かわい》いから、ピンでもやっていけると思うなぁ。どう、ソロでやってみない？　俺、曲書くからさぁ」

「いえ、そんな……」

沙緒里も愛想笑いをしているが、内心はひやひやしていることだろう。

調子づいた松岡はさらにまくし立てる。

「俺が曲書いたらミリオン確実だからさ。そうだ、今度スタジオに遊びにおいでよ」

「すみません、松岡さん。まだあとがありますので今日は勘弁してください」

見かねた雅紀が割り込むと、松岡はあからさまな不快感を顔に表した。

「なんだよ、俺は今大事な話をしてるんだ。マネージャーは引っ込んでな」

「許してくださいよ。そういうお話は事務所を通してもらわないと……」

「事務所を通しちゃ言えない話ってのもあるんだよ。ねえ、沙緒里ちゃん」

そう言って松岡は意味ありげに口元を歪《ゆが》めた。

「才能のない奴《やつ》は、才能のある人間に尻尾《しっぽ》を振っておいた方が賢明だぜ？　お兄ちゃん？」

「松岡さん！」

沙緒里の声がスタジオ内に響いた。居合わせた人々の視線が集まる。

「冗談だってば。もう、沙緒里ちゃんてば、マジ入らないの。そういう顔も可愛いけどね」

さすがにバツが悪いと思ったのか、松岡は笑顔を取《と》り繕《つくろ》う。

「それじゃあね。あ、いつでもうちの会社に遊びにおいでね。沙緒里ちゃんだけなら大歓迎だからさ」

そう言って、松岡はスタジオから出て行った。

「沙緒里、行こう」

「う、うん」

雅紀達もスタジオを後にした。


「はぁ～っ、疲れたなぁ」

荷物を床に放り出して、雅紀はソファにどっかりと腰を降ろした。

「お兄ちゃん、今日はありがとう」

「ん？」

「松岡さんのこと」

「ああ……気にすんな」

「でも、助けてくれて、嬉しかったよ」

雅紀は複雑な気持ちだった。

雅紀の方こそ、沙緒里に助けられた気分だったのだ。

自分は、どこまで沙緒里の力になれるんだろう。

松岡や沙緒里達に比べると、自分はあまりにも平凡な、無力な存在に思えた。

「汗かいちゃったから、シャワー入ってくるね」

ぱたぱたとスリッパを鳴らして風呂場《ふろば》へと向かう沙緒里の後ろ姿を見ながら、雅紀は一人物思いに耽《ふけ》った。

華やかな芸能界だけに、いろいろな男達が沙緒里に近づいてくる。

沙緒里に松岡が話し掛けてきた時、自分の中に微《かす》かな嫉妬《しっと》の念があったことに、雅紀は気づいていた。

今は義兄として、マネージャーとして、沙緒里の一番近くにいられる。

でも、いつか沙緒里に彼氏が出来たら……その時は、一番近い位置を明け渡さなければならないのか。

胸が締めつけられるような気がして、雅紀は小さな溜息《ためいき》を洩《も》らした。


「へえ、テレビとかで見るより広い感じがするね」

見る物すべてが目新しいらしく、菜恵はきょろきょろと辺りを見回している。

「ここで衣装に着替えたり、メイクをしたりするのよ」

沙緒里が嬉しそうに説明する。

収録現場を見てみたい、と言った菜恵を、半ば強引に沙緒里が連れてきたのだった。

「このテレビ局はお金あるからね。地方局だと、もっと狭かったりもするよ」

楽しそうな二人を見ていると、見慣れた控え室もなんだか新鮮に感じる。

雅紀は微笑《ほほえ》みながら、二人のやりとりを聞いていた。

「なに騒いでるのよ。廊下まで聞こえているわよ」

由奈と恵里佳が入ってきた。

雅紀が時計を見ると、もうリハーサルの時間が迫っていた。

「誰？」

菜恵をみつけて、由奈が怪訝《けげん》そうに訊《たず》ねた。

「あ、あの私のお友達の菜恵ちゃんです」

「あ、あの……こんにちわ」

沙緒里が紹介し、緊張した面持ちで菜恵が挨拶する。

「部外者を入れるなとは言わないけど、遊び場じゃないんだからね？」

「すみません」

「まったく、マネージャーまで一緒になってさ」

恵里佳が雅紀をジロリと睨《にら》む。

「まぁ、いいわ。そろそろリハーサル始まるし。行こう、恵里佳」

二人は冷たい態度で部屋を出て行く。

「ごめんね、沙緒里」

心配そうに謝る菜恵に、沙緒里は慌てて首を振る。

「ううん、私もちょっとはしゃぎすぎちゃったわ。私もリハーサルに行かなくちゃ。お兄ちゃん、菜恵ちゃんお願いいね」

「あぁ、大丈夫だよ」

沙緒里は菜恵に手を振りながら、控え室を出て行った。

「ごめんなさい。私のせいで怒られたみたいで……」

「大丈夫だよ。あの二人はいつもあんな感じなんだ」

「沙緒里、大変だなぁ。私だったら絶対に萎縮《いしゅく》しちゃうよ」

「大丈夫だって。あいつ鈍感なとこあるから、睨まれてもけろっとしているよ」

雅紀の言葉になにか考えているようだった菜恵が、ぽつりと呟《つぶや》く。

「……そんなことないです。お兄さんの前では見せないかも知れないけど、沙緒里って結構悩んじゃうタイプなんですよ？」

さすがに菜恵は沙緒里を良く知っていた。

「ああ……そうだね」

「私がこんなこと言うのも変ですけど、沙緒里のこと、よろしくお願いします」

「うん……でも、きっと俺には言えないこともあると思うんだ。その時には、菜恵ちゃん聞いてやってくれないか」

「はい、もちろんです」

菜恵はそう言って、にっこり微笑んだ。

沙緒里はいい友達を持ってるな、菜恵の笑顔を見つめながら雅紀はそう思った。


収録は無事に終わった。

菜恵も観客席の端でずっと収録を見物していた。

「面白かったよ、沙緒里。テレビ番組ってこんな風に作っていたんだね」

「へへへ、楽しんでもらえたなら良かったよ」

「沙緒里、途中でとちったでしょ？」

「あ、バレた？　だよねぇ……また叱《しか》られちゃいそう……」

「でも、あれで盛り上がったから。結果オーライだよ」

「そう言ってもらえると、ほっとするわ」

「うふふ……さて、それじゃ、私これで帰るね」

「うん、今日は来てくれてありがとう。あ、お兄ちゃん、菜恵ちゃん帰るって。出口まで送ってあげて？」

「ああ。判ったよ」

沙緒里と菜恵は手を振り合って別れた。

「芸能界って、なんだかすごいですね。沙緒里もまるで別人みたいで……格好良かったぁ」

「菜恵ちゃんもデビューしてみるかい？」

「え？　わ、私なんて駄目ですよ。沙緒里みたいに可愛くないし、スタイルだって……」

「そんなことないと思うけどなぁ」

「ぜ、絶対駄目ですっ」

「そうかなぁ？」

他愛のない談笑の間に、ロビーに着いた。

「じゃあ、気をつけてね」

雅紀は菜恵を見送ってから、控え室へと向かった。


控え室に入ろうとした時、部屋の中から由奈の声が聞こえた。

「いい気なものね。あなた、遊びに来てるんじゃないの？」

「そんなことありません」

「あなたのせいで私達まで笑われるのよ？」

「すみません」

沙緒里が二人に責められていた。

「あなたと違って私達は真剣にやってるんだから、足を引っ張らないで欲しいわ」

「まったく、媚《こ》びを売ることばっかり一人前でさぁ。やってられないわよ」

二人の罵声《ばせい》を聞くに堪えず、雅紀は扉を開いた。

「お疲れさま」

三人とも返事はない。

由奈と恵里佳はそっぽを向いているし、沙緒里は俯《うつむ》いたまま立ち尽くしている。

「どうしたんだ、みんな。今日の収録、良かったよ」

努めて明るく、場を和ませようと試みた雅紀だったが、由奈は荒々しく自分のバッグを手に取ると、無言のまま扉に向かった。恵里佳もその後に続く。

控え室には雅紀と沙緒里が残された。

「元気出せよ、沙緒里」

「うん……大丈夫。私の実力が足りないだけだから……」

そう言って沙緒里は力なく微笑んだ。

「かんばろうな」

「うん」

二人は控え室の荷物をまとめ始めた。

第六章　予兆

「ただいまぁ」

雅紀と沙緒里は人気のない家に帰ってきた。

食事は済ませてきたので、あとは寝るだけだった。

絵美子は今日も遅くなるようだ。

雅紀はいつものように荷物を放り出し、居間のソファで寛《くつろ》ぐ。テーブルの上のリモコンに手を伸ばして、テレビを点《つ》け、チャンネルを回した。

「お兄ちゃん、先にお風呂《ふろ》入る？」

「いや後でいいよ。沙緒里が先に入っておいで」

「うん」

どのチャンネルも、あまり興味のない番組ばかりだった。

適当なバラエティ番組にした。

背後で沙緒里が脱衣所に入っていく気配がした。

雅紀はぼうっとテレビを眺めていたが、なんとはなしに、脱衣所の方が気になった。

微《かす》かな衣擦《きぬず》れや物音が、沙緒里が脱衣中であることを想像させた。

なにを考えてるんだ……。

雅紀はテレビの音量を上げて、沙緒里のことを頭から追い出した。

第六章　予兆

「お兄ちゃん、お風呂空いたよ」

風呂上がりの沙緒里はパジャマ姿に着替えていた。ドライヤーで乾かした髪の毛から、甘いシャンプーの香りが漂ってくる。

「どうしたの、お兄ちゃん？　早く入らないと、お湯がぬるくなっちゃうよ」

「あ、ああ」

雅紀はぎこちなく頷《うなず》いた。

「それじゃ、私《わたし》、先に寝るね。おやすみ、お兄ちゃん」

「ああ、おやすみ」

沙緒里は脱いだ制服を胸に抱えて、自分の部屋に上がって行った。

沙緒里の姿が見えなくなると、雅紀はほうっと溜息《ためいき》をついた。

どうしてこうも心を乱されてしまうのだろう。

雅紀はぼんやりした頭で風呂場に向かった。

風呂から上がると絵美子が帰ってきていた。

「お帰りなさい。あ、すみません。お風呂のお湯、抜いちゃいました」

「いいわ。シャワーにするから」

「毎日遅くまで大変ですね」

「そうね。あなたのお父さんの苦労がよく判《わか》ったわ」

今日も打ち合わせから接待コースだったらしい。微笑《ほほえ》んだ絵美子から、微かにお酒の匂《にお》いがした。

雅紀は冷蔵庫からミネラルウォーターのペットボトルを取り出し、コップに注いだ。

「どうぞ」

「ありがとう。気が利《き》くわね」

絵美子はコップの中のミネラルウォーターを一気に飲み干した。

「ふう、美味《おい》しい……」

コップをテーブルに置いて、じっと雅紀を見る。

「どう？　そろそろ溜《た》まったんじゃない？」

「えっ……な、なにがですか？」

「アレよ、ア・レ」

酔っているせいだろうか。いつもより艶《なま》めかしい絵美子の雰囲気に、雅紀はごくりと生《なま》唾《つば》を飲んだ。

「だめよ？　一人で処理なんて。そういう時はお義母《かあ》さんに言わなきゃ」

「は、母親にそんなこと……言えるわけないじゃないですか……」

思わず、視線を逸《そ》らす。

「ふふふ、いいじゃないの。あなたはもうお義母さんとしちゃってるんだし」

「うっ……」

「とにかく我慢は身体《からだ》に毒よ。あとでお部屋に行くからね？」

そう言って、絵美子は風呂場に向かって行った。


正常位で絵美子を貫いていた。

一度、絵美子の口に放ったあとだった。

絵美子の膣肉《ちつにく》は奥に行けば行くほど、熱く、強く締めつけてくる。

鬼嶋と関係するようになって、絵美子は肉体は調教あるいは開発されたと言ってもいいほど、貪欲《どんよく》になった。

鬼嶋はもとより、鬼嶋の目の前で何人もの見知らぬ男達《たち》に嬲《なぶ》られ、玩《もてあそ》ばれて、すっかり牝犬《めすいぬ》としての性に目《め》醒《ざ》めてしまっていた。

そんな事情は知らない雅紀だったが、絵美子が乱れれば乱れるほど、雅紀はどうしようもない昂《たか》ぶりに我を忘れてしまうのだった。

絵美子の腰を両手に抱えて、激しく腰を突き出す。

「あっ、あはぁぁ……いいっ……」

雅紀は勢いに任せ、絵美子の秘肉を突きまくる。

激しい抽送《ちゅうそう》を繰り返すと、絵美子の白い胸に雅紀の汗が滴り落ちた。

「はぁぁ、いいわ……もっと、もっと突いてぇ」

絵美子の淫《みだ》らさは、雅紀の妄想を刺激した。

沙緒里も、こうなんだろうか？

この淫らな血を、沙緒里も受け継いでいるのだろうか？

沙緒里もこんな風に、男を求めるのだろうか？

「はあっ……ああっ……ああん……」

「はあっ……ああっ……ああん……」

目の前の絵美子の姿に、沙緒里のそれが重なった。

「ああっ……すごい……激しいわ……」

「いやぁ……お兄ちゃん……激しいよぉ……」

絵美子の喘《あえ》ぎ声《ごえ》が、沙緒里の声のように聞こえてくる。

「あひっ……はあっ……ひううっ……」

「ああっ……ひっ……ひううっ……」

今、俺《おれ》が犯しているのは絵美子さんじゃない、沙緒里なんだ。

義妹を組み敷き、幼い膣奥に向けて激しく抽送を行う。

「あはぁ……イクっ、イッちゃうぅ……」

「ひゃうっ……沙緒里……おかしくなっちゃう……イッちゃうよぉ……」

沙緒里は細い両脚を雅紀の腰に絡め、淫らに喘ぎ続けている。

禁断の行為を行っているという想《おも》いが、興奮に拍車を掛ける。

急速に射精感が込み上げてきた。

「くうっ……も、もう……」

「……出して、このまま出して……精液出してぇ」

「あはぁ……いいよ、お兄ちゃん……出して、沙緒里の中に精液出してぇ……」

沙緒里が俺の精液を欲しがっているのか？

愛くるしい沙緒里の胎内に俺の子種を吐き出すのか？

俺が沙緒里を妊娠させてしまうのか？

沙緒里……。

沙緒里……出すよ、沙緒里……。

いっぱい出すよ……沙緒里のなか……お兄ちゃんの精液でいっぱいにしてあげるよ……。

沙緒里！

沙緒里!!

狂おしい妄想が、雅紀の頭の中でスパークした。

「うおおおっ」

「ひゃぁっ……お兄ちゃんのが……沙緒里の中に……精液がいっぱい出てるぅ……」

幻想の中の沙緒里が、背中を仰《の》け反《ぞ》らせて、喘ぐ。

雅紀は思わず沙緒里の名前を叫びそうになって、ぐっと堪えた。

沙緒里を妄想していると絵美子に知れたら大変なことになる。

そう思いながらも、妄想は止まらなかった。

沙緒里……沙緒里、沙緒里……。

沙緒里、沙緒里、沙緒里……。

心の中で沙緒里の名前を繰り返しながら、雅紀は絵美子の最奥に向けて精を放った。


「どうしたの、お兄ちゃん。元気ないねえ？」

沙緒里が、心配そうに雅紀の顔を覗《のぞ》き込《こ》んだ。

雅紀は沙緒里の顔をまともに見れなかった。沙緒里を想像しながらした、絵美子とのエッチを思い出してしまう。

「顔赤いけど……風邪じゃないよね」

雅紀の額に掌《てのひら》をあてて、熱を測る。

「だ、大丈夫だよ。風邪なんかひいてないよ」

雅紀は首を捩《ねじ》って、沙緒里の掌を避けた。

「あら、仲がよろしいわね、お二人さん」

背後から不意に声を掛けられて、驚いて振り向く。

「あっ、舞《まい》さん、おはようございます」

結城《ゆうき》舞だった。あの松岡が率いるTMファクトリーに所属する若手アイドルで、人気、実力とも五指に入ると噂《うわさ》されている少女だ。

「兄妹だからって、ちょっと接近しすぎじゃないの？」

「え？　そう……ですか？」

「なんてね。あんまり仲良しさんだから言ってみただけ」

「やだぁ、もう、舞さんてば、人が悪いですよぉ」

舞と沙緒里はきゃっきゃっとじゃれ合っている。

隙《すき》あらば蹴落《けお》とされる芸能界、それも特に熾烈《しれつ》な若手のライバル同士という関係にありながら、どうやら舞と沙緒里は気が合うらしかった。

もっとも、舞はさばさばとした気さくなキャラクターで、業界でも珍しいほど敵が少ない。誰《だれ》とでも明るくコミュニケーションする、稀有《けう》な存在だった。

松岡嫌いの雅紀でさえ、舞には好感を持っている。

「どうですか？　マネージャーは慣れました？」

舞が雅紀に話題を向けた。

「うーん、どうかな……なかなか難しいね」

「そうですよね。よりによってトゥインクルのマネージャーだもんなぁ、大変だわ。由奈も恵里佳も個性が強いし、その上沙緒里だからなぁ」

「なんですか、それ。もう、舞さんってば酷《ひど》いですぅ」

「うそうそ、冗談。沙緒里はいい娘《こ》だよ」

沙緒里と舞が笑い合う。

「舞、どこに行ったかと思えば、こんな所にいたのか」

松岡だった。

「見つかっちゃったかぁ」

「見つかっちゃったじゃないよ。向こうさんも時間が無いんだから、勝手に抜け出されると困るぞ」

そう言いながら、松岡は雅紀と沙緒里をじろりと見る。

いや、じろりと見られたのは雅紀だけだ。沙緒里に向いた時には笑顔になっていた。

「沙緒里ちゃん、今日も可愛《かわい》いね。どうだい、調子は？」

「あ、はい。調子は……良いです……けど」

「それは良かった。この前言った件、考えておいてね。ほら、うちには舞だっているし、楽しく仕事出来るよ」

「はあ……」

「もう巧ちゃんてば、マネージャーさんのいる前で別プロダクションの娘、引き抜かないでよぉ」

「こ、こら、巧ちゃんって言うな」

「はいはい。向こうさん待っているんでしょ？　行きましょうよ、巧ちゃん！」

舞は松岡を追い立てるようにして、別のスタジオへと向かう。

賑《にぎ》やかに遠ざかっていく二人の後ろ姿を見送りながら、雅紀は溜息を洩《も》らした。

「なんだって松岡の奴、俺のことを目《め》の仇《かたき》にするんだろう。まあ、こっちもなんだかいけ好かないんだけどさ」

「たぶん、泰蔵パパとのことが原因だと思うよ」

「親父《おやじ》が？」

「うん。舞さんから聞いたんだけど、昔、舞さんの移籍問題で、朝倉プロとTMファクトリーがすごく険悪になった時期があったんだって」

「親子二代で松岡とはウマが合わなかったのか」

「舞さんは朝倉プロに入りたかったらしいんだけど……結局松岡さんのしつこさに舞さんが折れる格好で、TMファクトリーからソロデビューっていうことになったらしいの」

「そろそろ収録始めます！」

アシスタントディレクターの出演者を呼ぶ声が聞こえた。

「それじゃ、行ってくるね」

「うん、がんばっておいで」

駆け出していく沙緒里を見つめながら、雅紀は舞のことを思った。

舞さんが朝倉プロに入る可能性もあったのか……勿体無《もったいな》かったな。

トゥインクルと結城舞の二枚看板が実現したかと思うと、残念そうな泰蔵の顔が思い浮かんだ。


「おはようございます。もう収録終わるんですか？」

収録も終わりに近づき、控え室に戻ろうとした雅紀に、話し掛けてきた少女がいた。

人気アイドルの大森美憂だ。トップアイドルと言ってもいい彼女だが、それを鼻に掛けた様子もなく、誰に対しても礼儀正しく挨拶《あいさつ》をする。

舞といい、成功する娘達にはみんな共通する部分があるように雅紀は思った。

「やあ、こんにちは。美憂ちゃんはこれからかい？」

「はい、次の収録です」

屈託なく笑う美憂。

コケティッシュと言うんだろうか。悪戯《いたずら》な妖精《ようせい》を思わせる、沙緒里とはまた違ったタイプの美少女だ。

「あれ、美憂ちゃん」

セットを降りてきた沙緒里が美憂を見つけた。

「あ、沙緒里さん、おはようございます」

「学校から真《ま》っ直《す》ぐ来たんだね」

美憂が制服姿なのを見て、沙緒里が言う。

「はい、今日はちょっと用事があって時間が遅くなっちゃったんです」

「ふほほほ、楽しそうじゃな」

「鬼嶋様、おはようございます」

話し掛けてきた男に、美憂が挨拶した。

「おはようございます」

慌てて沙緒里も挨拶をする。

きじま……きじま……どこかで聞いたことがあるような名前だったが、雅紀はすぐには思い出せなかった。

「お兄ちゃん、鬼嶋グループの会長さんよ」

沙緒里がそっと耳打ちしてくれる。

音楽業界に大きな影響力を持つ鬼嶋グループの名前は雅紀も聞いたことがあった。

絵美子からだっただろうか？

「あっ、おはようございます」

「おお、君が朝倉君のご子息じゃな？　確か雅紀君と言ったか」

初対面でいきなり名前を呼ばれ、雅紀は驚いた。

「お父さんは残念なことをしたねぇ。じゃが、こんな頼もしいご子息がおったのなら朝倉君も安心じゃろう」

鬼嶋は雅紀と沙緒里を交互に眺めて微笑んだ。

その皺深《しわぶか》い容貌《ようぼう》からは相当の高齢のように思えるが、背筋も伸びていて、矍鑠《かくしゃく》としている。さすがに実力者らしい、人を圧するオーラのようなものを感じた。

「沙緒里ちゃんも好調のようじゃな。今度のトゥインクルの新曲はなかなか評判が良さそうじゃないか」

「ありがとうございます」

鬼嶋に誉《ほ》められて沙緒里も恐縮している。

「テレビやグラビア誌では何度も見ておるが、なかなかどうして実物はさらに良いな。沙緒里ちゃんのお母さんもアイドル時代は可愛かったが、沙緒里ちゃんはそれ以上じゃな」

「鬼嶋さん、ママのこと、ご存知なんですか？」

「もちろんじゃよ。儂《わし》がこの業界で何年やってると思う？」

「あ、そうですよね。すみません」

「ふぉほほほ、いやいや、構わんよ。なにせ沙緒里ちゃんが生まれる前の話じゃからな」

鬼嶋ほどの実力者でも、沙緒里には非凡なものを感じるらしい。

その話し振りからは沙緒里に対する期待や好意が感じられ、それは雅紀にとっても悪い気はしなかった。

「鬼嶋様、そろそろ時間じゃありませんか？」

話に割り込むように、美憂が言った。

「ん？　おぉ、そうじゃな。それじゃ、これで失礼するよ。沙緒里ちゃん、応援しておるからな。がんばっておくれよ」

「はい、ありがとうございます。がんばります」

鬼嶋は沙緒里の笑顔に顔を綻《ほころ》ばせながら、終始機嫌良くスタジオを後にした。

「それじゃ、私も失礼します」

美憂は礼儀正しくお辞儀して、鬼嶋の後を追うように出て行く。

「美憂ちゃんって、鬼嶋グループだったっけ？　随分と鬼嶋さんと仲良さそうだけど……」

「うん、去年移籍したんだよ。鬼嶋さんのお気に入りみたい」

そう言いながら、沙緒里はにこにこしている。

「嬉《うれ》しそうだな」

「そりゃそうだよ。鬼嶋さんみたいな実力者に声をかけて貰《もら》えるなんて、新人アイドルにとってはすごいことなんだから」

「あれ？　うちの事務所は鬼嶋グループだっけ？」

「もう、お兄ちゃんてばなんにも知らないんだから。朝倉プロも鬼嶋さんのグループの傘下に入ったんだよ？」

沙緒里に言われて、雅紀はなんとなく感じた違和感のようなものに、納得したのだった。


薄暗い部屋の一角で、蠢《うごめ》く人影があった。

大きな椅子《いす》に座った鬼嶋の足の間に、制服姿の美憂が跪《ひざまず》いている。

ズボンのジッパーを下げ、半勃《はんだ》ちになったペニスを愛《いと》おしそうに引き出す。

小さな唇を亀頭《きとう》に這《は》わせた。

「んっ……んっ……んっ」

亀頭を口に含み、舌先を細かく震わせる。

その刺激に反応したのか、鬼嶋のものは次第に熱を帯び、美憂の口中でむくむくと膨れ上がる。

「はむっ……んっ……んっ……」

やがて収まりきらないほど巨大になったそれを、美憂は顎《あご》が外れそうになりながらも、深々と喉奥《のどおく》まで呑《の》み込《こ》み、ゆるゆると頭を動かし始めた。

「ん……むぅぅ」

気持ち良さそうに目を閉じた鬼嶋の唇から、呻《うめ》きが洩れる。

頬《ほお》にかかる髪を掻《か》き上《あ》げながら、美憂は何度も大きく頭を上下させる。

「んっ……んっ……ちゅぶっ……んぅ……」

亀頭に舌先を這わせながら、ごつごつと節くれだった肉茎に指を絡ませ、扱《しご》き上《あ》げる。

鈴口から滲《にじ》み出《だ》した透明な液を舌先で掬《すく》い取《と》りながら、巨大なペニス全体に唾液《だえき》を塗りつけていく。

陰嚢《いんのう》への優しい愛撫《あいぶ》も忘れない。

「んっ……むぅぅぅ……」

次第に昂ぶっていく鬼嶋の様子に、美憂は眼《め》を細めた。

「鬼嶋様？」

「このままでいい、今日はお前の口に出したい」

「はい」

美憂はペニスを咥《くわ》えた頭を激しく上下させる。

「んっ……んっ……んぶっ……んくっ……」

「うっ……そうだ……いいぞ……もう少しだ……」

鬼嶋の喘ぎが大きくなる。

「いい子だ……そうだ……いいぞ、沙緒里……」

美憂は一瞬、自分の耳を疑った。

今、鬼嶋は「さおり」と言わなかっただろうか？

「んぐぅ」

一際《ひときわ》大きな呻き声を上げて、鬼嶋のペニスが脈動した。

「んうっ……んっ……んごくっ……」

美憂の口内にどろりとした鬼嶋の精液が放出される。

いつもながらすごい量……。

そう思いながら、美憂は一滴も零《こぼ》すまいと、放出される精液を必死に飲み下していく。

射精がようやく終わり、美憂は鬼嶋のペニスから唇を離した。

「ふぅ、良かったぞ。美憂……」

鬼嶋はうっとりとした表情で美憂の頭を撫《な》でる。

美憂はスカートのポケットからハンカチを取り出し、鬼嶋の萎《な》えかけたペニスを丹念に拭《ふ》きながら、先ほどの呟《つぶや》きの意味を考えていた。

さおり……。

美憂の記憶の中で、一人だけ、その名前の当てはまる女が思い浮かんだ。

トゥインクルの朝倉沙緒里……?

そう言えば、今日の夕方、鬼嶋が沙緒里に会ってから、どことなく鬼嶋の雰囲気に余所《よそ》余所《よそ》しさを感じていた。

そう思った瞬間、疑念は確信になった。

「どうした、考え事か?」

「えっ?　い、いえ……なんでもありません」

鬼嶋の寵愛《ちょうあい》が、自分から離れていくかも知れない。

美憂は湧《わ》き上《あ》がってくる恐怖を押し殺し、鬼嶋に微笑んでみせた。

第七章　罠

スタジオで収録が行われている間、雅紀は休憩コーナーで時間を潰《つぶ》していた。

こうしていると、沙緒里と初めて出会った時のことを思い出す。

「あれ？　雅紀さん」

声に驚いて顔を上げると、美憂が立っていた。

「トゥインクル、収録ですか？」

「ああ、今真っ最中だよ。美憂ちゃんは？　出番待ち？」

「ううん。さっき一つ撮《と》り終わって、次の撮りまでちょっと休憩。隣、いいですか？」

「あ、ああ。どうぞ」

雅紀の隣に腰掛けようとした瞬間、美憂はバランスを崩した。

「きゃっ」

慌てて雅紀は美憂の身体《からだ》を支えた。その拍子に、雅紀の持っていたコーヒーが二人の服に掛かってしまった。

「ご、ごめん」

「雅紀さん、ひど〜い……」

コーヒー塗《まみ》れになってしまった美憂の衣装を慌てて拭《ふ》いたが、どうしようもなかった。

雅紀のズボンもびっしょりと濡れている。

「これじゃ着替えないと……雅紀さんのせいですよ？　一緒に手伝ってください」

「え？　いや、でも……沙緒里達《たち》を待ってないと……」

「まだ少しくらいなら時間あるでしょ？　このままじゃ……美憂、困っちゃう……」

今にも泣き出しそうな美憂を前にして、雅紀も困惑してしまった。

時計を見ると、沙緒里達が帰ってくるまで時間はわずかだった。だが、時間がないのは美憂も同じなのだ。

由奈たちの剣幕を思い浮かべたが、迷っている暇はなかった。

「じゃあ、急ごう」

二人は美憂の控え室に向かった。


「沙緒里さん！」

収録を終えてセットから降りてきた沙緒里は、突然、背後から呼び止められた。

美憂のマネージャーの木林だった。

「木林さん……どうしたんですか？」

「大変だ、お兄さんが事故に巻き込まれた。急いで一緒に来て」

「え？」

沙緒里は木林の言葉に目の前が真っ暗になるような錯覚を覚えた。

雅紀お兄ちゃんが……事故……？

「こっちだ」

木林に手を引かれて、スタジオを出た。

「大道具部屋で積まれていた箱が崩れて、お兄さんが下敷きになったんだ」

木林の声を聞きながら、泰蔵の死んだ日のことが沙緒里の頭を過《よ》ぎった。

足が震えて、ともすれば転びそうになる。

お兄ちゃん……お兄ちゃん……無事でいて……。

沙緒里は泣きそうになりながら、木林の後を追った。


大道具部屋に入ったところで、沙緒里は木林の姿を見失った。

「木林さん、どこですか？」

「沙緒里ちゃん、こっちだよ」

声を頼りに、部屋の奥へと入っていく。

事故があったという割には人気のない様子に、沙緒里は急に不安になってきた。

本当に、こんなところで雅紀が事故に遭《あ》ったのだろうか？

不吉な予感に振り向いたそこに、木林が立っていた。

「お、脅かさないで下さいよ。あの……お兄ちゃんはどこですか？」

木林は答えず、薄笑いを浮かべている。

第七章　罠

「木林さん……？」

木林が片手を上げると、部屋のあちこちから数人の男達が現れた。

中には小型ビデオカメラを持った男もいる。

「え？　な、なんですか？　や、やだなぁ。ビックリカメラですか？」

男達は無言のまま、じりじりと沙緒里を取り囲むようにして、近づいてくる。

気が付くと、沙緒里は壁際に追い詰められていた。

「も、もう……大声出しちゃいますよ……本気ですよ……？」

木林の手が伸びて、震える沙緒里の襟首《えりくび》を乱暴に掴《つか》んだ。

力任せに引き寄せて、凶暴さを漲《みなぎ》らせた眼《め》つきで沙緒里を見下ろす。

「いいぜ？　ほら、叫んでみろよ」

「うぅっ」

威圧的な視線に負け、沙緒里は思わず目を逸《そ》らせる。

「ど、どうしてこんなことを……」

沙緒里は震えながらも、喉奥《のどおく》から搾《しぼ》り出《だ》すような声で訊《たず》ねた。

「こいつらがお前と犯《や》りたいらしいんでね。ご足労願ったわけさ。もちろん俺《おれ》も味見させてもらうぜ」

木林の手を振り払おうとしたが、がっちりと腕を捕まえられ、身動きがとれない。

「一部始終はビデオに撮らせてもらうぜ。裏でバラ撒《ま》きゃ、お前のファンが争って買うだろうよ。なにせオマンコまでばっちり見れるんだからな」

そう言いながら、下卑《げび》た笑い声を上げる。

沙緒里は一体何がなんだか判《わか》らなくなっていた。なにもかもが理不尽だった。

「きゃあぁっ！」

木林に突き飛ばされ、沙緒里は短い悲鳴を上げた。

倒れ込んだ沙緒里のスカートが捲《めく》れ上《あ》がり、太腿《ふともも》が露《あら》わになる。

それが合図であったかのように、男達が一斉に群がり、抵抗する沙緒里を押さえつけ、素早くショーツを引き下ろした。

すかさず沙緒里の身体を折り曲げ、まんぐり返しの体勢をとらせる。

「いやぁ、み、見ないでぇっ！」

必死に膝《ひざ》を閉じようとする沙緒里だったが、無駄な抵抗だった。

露わになったその秘所に、男達の欲情した視線が容赦なく注がれた。

うっすらと生えた恥毛の下にあるピンク色の陰唇が、貝のように閉じ合わされている。

「見えるか？　おい、藤田、しっかり押さえていろよ」

「あぁ、沙緒里ちゃんのオマンコ、可愛《かわい》いなぁ。堪んないよぉ」

藤田と呼ばれた男は、沙緒里の両脚を押さえながら嬉《うれ》しそうに舌舐《したな》めずりをした。

「どれ、アイドルの処女マンコを味見してやるぜ」

木林は沙緒里の敏感な部分に唾液《だえき》をまぶして、秘唇の一枚一枚を舌で舐め回していく。

「いやぁ……あひっ……ひゃうっ……」

親指で蕾《つぼみ》を覆った包皮を剝《む》き、そこにも唾液が塗りつけられた。

「ひぃっ！　いやっ！　やめてっ!!」

クリトリスを刺激するたびに、沙緒里が激しく狼狽《ろうばい》するのが愉快でならなかった。

「おいおい、沙緒里ちゃんはオナニーマニアかよ？　クリを弄《いじ》ってやったら、もう濡れてきたぜ」

「本当だ。おい、ちゃんとビデオ撮れてるだろうな？」

カメラを構えた男もズボンの前を膨らませている。

「もちろんですよ。沙緒里ちゃんがやらしい汁を滲《にじ》ませた決定的瞬間もばっちりです」

屈辱と羞恥《しゅうち》に、沙緒里は目の前が真っ暗になった。

ぴちゃぴちゃと淫《みだ》らな音が、自分の恥ずかしい場所か

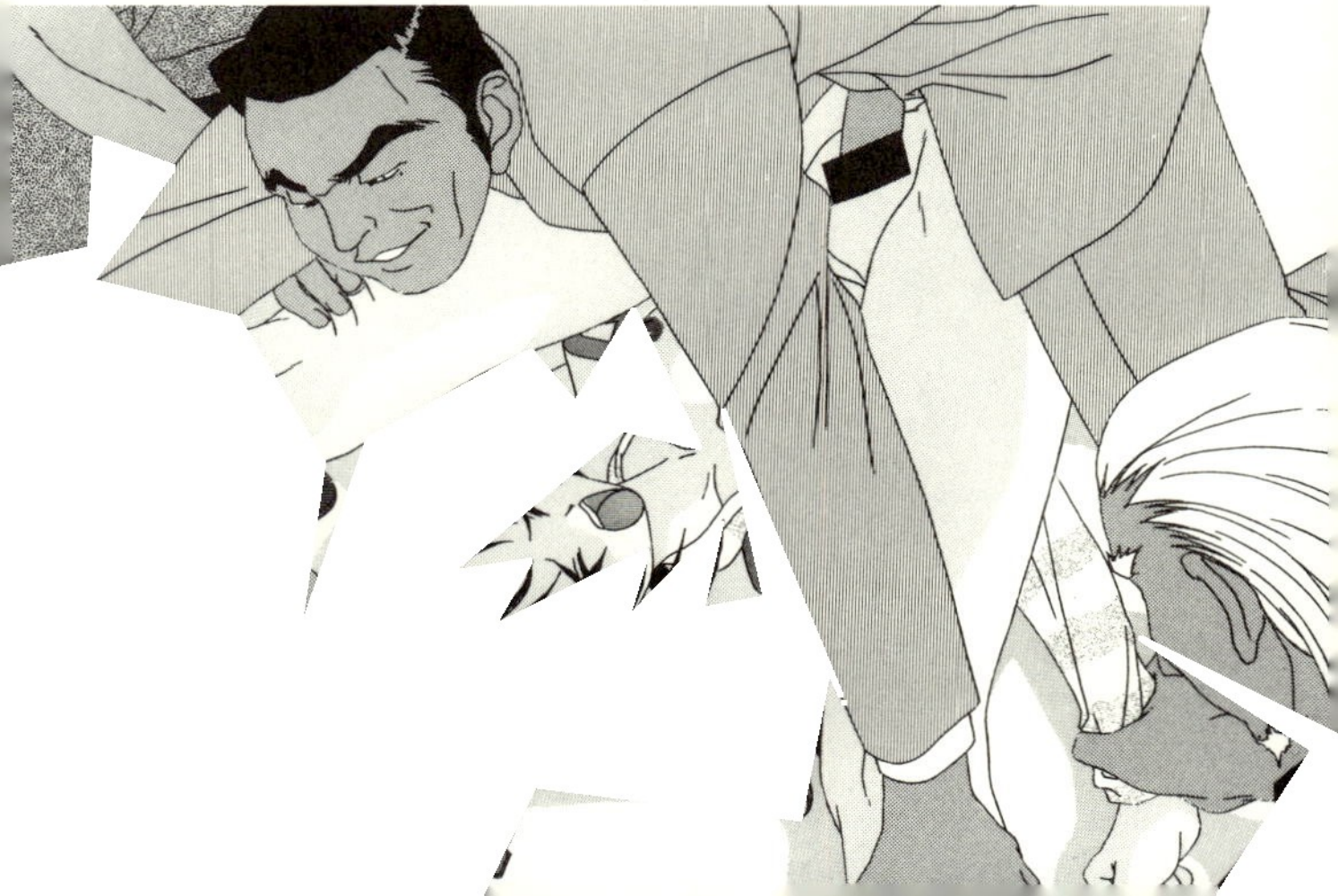

ら聞こえてくるのだ。

それは木林の唾液が発する音であったが、沙緒里には自分の淫らさの証明であるかのように聞こえた。

木林の口技は巧妙だった。

クリトリスを舌先でつついてきたかと思うと、舌を丸めて膣内《ちつない》に入れてくる。

その度に沙緒里の全身を電流のようなものが激しく駆け抜けるのだ。

「ほら、見てみろよ、マン汁が糸引いてるぜ」

木林は割り開いた秘唇に指先をつけ、そっと離した。透明な粘液がつうっと糸を引く。

「何も知りませんってな顔しながら、こりゃどうだい。まったくスケベだよな」

「こういう風にされるのを想像しながらオナってたんじゃねえか？」

男達の嘲《あざけ》るような声が、沙緒里の羞恥心を煽《あお》る。

「さて、そろそろぶち込んでやるか。よく見えるようにこのまま入れてやるからな」

木林はそう言いながら、強烈に勃起《ぼっき》した肉棒を沙緒里の中心に突きつけた。

「ほらほら、しっかり見てろよ。このチンポがお前の初めてのチンポになるんだからな」

「いやあああぁっ!!」

沙緒里は声を振り絞って叫んだ。

第七章　罠

「どうぞ」

雅紀は美憂の控え室に案内された。

二人が入ると、美憂は扉《とびら》を閉め、カチャンと鍵《かぎ》をかけた。

おもむろにコーヒーで汚れた衣装を脱ぎ始める。

雅紀は慌てて美憂に背を向けた。

「あ～あ、下着にまで染みちゃってる……」

「あ、あの……俺はどうすればいいかな？」

雅紀はどぎまぎしながら美憂に訊ねた。

「予備の衣装が掛かってると思うんですけど……見てもらえますか？」

言われて室内を見渡すと、大量の衣装が掛けられたキャスター付のハンガーがあった。

美憂の着ていたものに似たデザインの衣装を探す。

すぐに見つかった。

「これでいいかな？」

美憂の方を見ないようにしながら、衣装を差し出す。

差し出した手が、何かに触れた。

「きゃっ！　雅紀さんのエッチ！　どこ触るんですか！」

「ご、ごめん」

雅紀の頭はパニックに陥った。一体どこに触れてしまったんだろう。

「もう……あ、これです」

背中越しに衣擦《きぬず》れの音を聞きながら、雅紀は妄想が膨らむのをいかんともしがたかった。同じ部屋の中にトップアイドルと二人きりで、しかも彼女は着替え中なのだ。健全な男子であれば当然の生理だった。

「あの……雅紀さん？」

突然、すぐ後ろから声を掛けられた。

「あ、ああ、もういいかな？　それじゃ俺は……」

「雅紀さん、ズボンが濡れたままじゃないですか。履き替えないと……」

そう言って伸びてきた美憂の手が、雅紀の股間《こかん》に触れた。

「あ〜、雅紀さんってやらしい。どうしてこんな風になってるんですかぁ？」

その小さな掌《てのひら》が、ズボンの上から雅紀のものを握っていた。

「み、美憂ちゃん、こ、これは……」

後ろから抱きつかれているような格好だった。

どうしてこんなことになったのか、雅紀は狼狽の極みにあったが、身体は正直だった。

美憂の掌の中で、雅紀のそれは一層硬くなっていく。

「美憂のことを思ってくれたんですかぁ？」

甘えた声で悪戯《いたずら》っぽく囁《ささや》きながら、柔らかに、扱《しご》き上《あ》げてくる。

「ご、ごめん……」

「じゃあ、美憂のせいなんですね？」

「いや、そんな……え？」

美憂は雅紀の前に跪《ひざまず》き、ズボンのチャックを下ろした。

「美憂がすっきりさせてあげます」

言いながら、手際良く雅紀のものを取り出す。

「ちょ、ちょっと、美憂ちゃん……あうっ」

止める間もなく、美憂は雅紀のペニスを口に含んでしまった。

「んっ……はむっ……んむぅ……」

「ううっ」

強烈な快感に雅紀は腰砕けてしまい、尻餅《しりもち》をつく格好で床にへたり込んだ。

その間も美憂は雅紀のものを離さない。雅紀の股間に覆《おお》い被《かぶ》さるようにして、巧みに愛《あい》撫《ぶ》を続ける。

「だ、駄目だよ……美憂ちゃん……こんなこと……いけないよ……」

雅紀の言葉は無視された。

美憂は雅紀の亀頭《きとう》をしっかりと咥《くわ》え込《こ》み、舌先で鈴口を刺激する。

その愛らしい顔からは想像もできないテクニックだった。

細い華奢《きゃしゃ》な指先がいきり立った陰茎《いんけい》を何度も擦り上げた。

美少女アイドルの大森美憂が、雅紀のペニスを美味《おい》しそうに舐めしゃぶっている。

頭の奥がぼうっと痺《しび》れて、雅紀は快楽に身を任せた。

「はううっ」

股間から伝わる快感に、堪らず喘《あえ》ぎを洩《も》らす。

「気持ちいいですか？」

「う、うん……」

「嬉しい……」

美憂は肉棒を唇で挟みつけるようにして、懸命に頭を動かして扱き、唾液を滑らせながらしゃぶり立てる。

裏筋に沿って舌先を這《は》わせ、陰嚢《いんのう》を舐《ねぶ》った。

びりびりとした快感が股間から背筋に伝わる。

ねっとりとして柔らかな美憂の口内粘膜に包まれていると、本物のセックスをしているような感覚に陥り、雅紀は急速に昂《たか》ぶっていった。

美憂の濡れた舌先が動くたびに、雅紀のペニスがびくびくと脈打つ。

唇で扱くように頭を上下させながら、亀頭を舐め続ける。

「あうっ、も……もう……」

雅紀の喘ぎに応《こた》えるように、肉茎を扱く美憂の指の動きが激しくなる。

「ああっ……くふっ……ううっ！」

歯を食いしばって耐えていた雅紀だったが、ついに堪えきれず、美憂の喉奥に向けて一気に放出した。

太幹が跳ね馬のように美憂の口腔内《こうこうない》で暴れ回り、白熱した液体が次々に注ぎ込まれる。

「はむっ……んんんっ……」

若い男の生臭い精液の匂《にお》いが鼻腔《びこう》を突き上げてきて、美憂は思わず顔をしかめた。

「んっ……んっ……んんっ……」

嚥下《えんか》した。

雅紀の股間から顔を上げた美憂の、その可憐《かれん》な唇の端から、雅紀が放ったものの名残《なご》りが滴っていた。

「美憂ちゃん、どうして……」

戸惑う雅紀の問いに、美憂は困ったような、淋《さみ》しげな表情をした。

「理由がなきゃだめ？」

「だって……」

「沙緒里さんが羨《うらや》ましかったから……」

美憂の呟《つぶや》きは、雅紀には意外すぎるものだった。

「沙緒里さん……可愛くて、みんなに愛されて……羨ましかったから」

「そんな……美憂ちゃんだって、可愛くて、みんなに愛されているじゃないか」

「それじゃ、雅紀さん、美憂を愛してよ」

思いがけず強い美憂の視線に睨《にら》み返され、雅紀は狼狽した。

「ほら、男の人って皆そう……可愛いとか愛してるとか言う癖に、最後の最後でいつも裏切る……」

「美憂ちゃん……」

ひどく哀《かな》しげな美憂の表情に、雅紀はかける言葉を失った。

「ね、私《わたし》とエッチして。今ここで」

突然、美憂が言った。

「扉には鍵をかけたし、誰《だれ》も入って来れないから、ね？」

「だ、だめだよ！」

雅紀はしなだれかかる美憂の身体を、ぐいと押しやった。

雅紀には、美憂が自暴自棄になっているとしか思えなかった。

詳しい事情は判らないが、まだ幼さの残る少女のそんな姿はむしろ痛々しい。

「……俺、もう行くよ。沙緒里達が待ってる」

「な、なによそれ？　私相手じゃできないっていうの⁉　どいつもこいつも沙緒里、沙緒里って……あんな女、どうせ今頃《いまごろ》……！」

興奮した美憂の放った言葉に、雅紀は戦慄《せんりつ》した。

今頃？　今頃……なんだというのだ？　まさか……。

「ま、まさか……沙緒里に何かしたのか⁉」

雅紀の形相に、美憂が怯《ひる》んだ。

「ふ、ふん！　なによ、知らないわよ？」

「沙緒里をどうしたんだ⁉」

美憂の両肩を鷲掴《わしづか》み、加減も忘れて揺さぶる。

雅紀の中に、言い知れぬ不吉な予感が湧《わ》き上《あ》がっていた。

「い、痛い！　やめてっ！」

「沙緒里はどこにいるんだ⁉　言え！　言えよ‼」

「……お、大道具部屋よ」

「くっ！」

雅紀は美憂の身体を突き飛ばし、控え室を飛び出した。

「も、もう手遅れよ！　なにさ、あんな女‼　馬鹿《ばか》‼」

美憂の声は、雅紀には聞こえていなかった。

第七章　罠

「いやあああぁっ‼」

雅紀が駆けつけた時、大道具部屋の奥の方から沙緒里の悲鳴が聞こえた。

「沙緒里！　大丈夫か⁉」

雅紀は大声で叫んだ。

悲鳴の聞こえた方へ向かって走る。

「さ、沙緒里⁉」

そこには、数人の男達に押さえつけられた、無残な沙緒里の姿があった。

男達は雅紀の出現に驚いている様子だった。

「お兄ちゃん！」

雅紀の姿を見て、嬉しそうに叫んだ沙緒里の目尻に、涙が光っている。

「けっ、ナイト様のご登場ってわけか」

木林が起き上がる。その股間に、禍々《まがまが》しい肉棒が屹立《きつりつ》している。

「き…貴様らあっ‼」

木林に殴りかかったものの、雅紀の拳《こぶし》は虚しく空を切り、次の瞬間、木林の蹴《け》りを食らって雅紀は壁に叩《たた》きつけられた。

衝撃で立て掛けられてあった木材が倒れた。ドミノ倒しのように、次々に倒れる。

派手な音がした。

「ちっ……面倒になる前に引き上げるぞ。今の物音で人が来る」

木林は男達に命じた。

「ま、待て……」

追《お》い縋《すが》ろうとした雅紀を、木林が蹴り上げた。

「けっ、手前《てめえ》の妹は立派な淫売《いんばい》だよ。マン汁垂れ流して俺のチンポを欲しがってたぜ」

捨《す》て台詞《せりふ》を残して、木林と男達は大道具部屋から走り去った。

「お兄ちゃん、助けに来てくれたんだね」

「沙緒里、どこも怪我《けが》はないか？」

「うん……大丈夫だよ」

そう頷《うなず》いて、沙緒里は微笑《ほほえ》んだ。


翌日、雅紀は絵美子に呼び出された。

「とりあえず、関係者の口は抑《おさ》えきれたわ」

「すいません。僕がついていながら……」

「鬼嶋さんが動いて下さったから良かったものの、致命的なスキャンダルになるところだったわ」

「鬼嶋が？」

「揉《も》み消《け》して下さったのよ。沙緒里は鬼嶋さんの一番のお気に入りだから……」

「鬼嶋は美憂を気に入っていたんじゃ……」

「そういうこともあったから、沙緒里が狙《ねら》われたんでしょうね」

鬼嶋の寵愛《ちょうあい》を受けていた美憂が、鬼嶋に見初められた沙緒里に嫉妬《しっと》して、沙緒里のレイプを指示した……どうやらそういうことだったらしい。

芸能界という煌《きら》びやかな世界の裏にある、深く暗い闇《やみ》を覗《のぞ》き込《こ》んだような気がして、雅紀は背筋に冷たいものを感じた。

それにしても、鬼嶋という男は一体どういう人物なのだろう。

単に実力者という以上の、きな臭さを感じるのは、気のせいだろうか。

自分達の知らないところで、とてつもなく大きな何かが動いている。

そして沙緒里も、雅紀も、その何かに飲み込まれようとしているのではないだろうか。

「それでね、今夜、鬼嶋さんがあなたと沙緒里を夕食に招待してくれるそうよ」

「夕食に？　でも、今夜は収録の予定があったはずじゃ……」

「もちろん、キャンセルよ。収録は後日に回すわ」

「いいんですか？」

「収録は延ばせるからね……」

絵美子は固い表情で小さく笑った。


雅紀達は大きな部屋に通された。

「すっご〜い」

その豪奢《ごうしゃ》な内装や調度品を見回して、沙緒里は感嘆の声を上げた。

部屋の中央には大きなテーブルが置かれ、どういう趣向なのか、その片側だけに椅子《いす》が三つ並べられていた。

しばらくして、奥の扉から鬼嶋が現れた。

「本日はお招き頂きましてありがとうございます」

代表して雅紀が挨拶《あいさつ》した。

「堅苦しい挨拶は抜きじゃ。今日は日頃かんばっている沙緒里ちゃんに、美味しいものでもご馳走《ちそう》して、精をつけて貰《もら》おうと思っただけじゃよ」

「ありがとうございます」

沙緒里はぺこりとお辞儀をした。

「いろいろと大変だったようじゃな。雅紀君、沙緒里ちゃんを助けてくれて、ありがとう。沙緒里ちゃんは儂《わし》の宝物じゃ。本当にありがとう」

そう言って、鬼嶋は雅紀の手を取った。

あまり触れられたくはない一件だったが、鬼嶋に礼を言われて、雅紀は照れた。

沙緒里の方を見ると、沙緒里も少し困ったように微笑んでいた。

「さあさあ、まずは夕食だ。その後には余興も用意してあるからね。今夜は心ゆくまで楽しんでおくれ」

そう言って、鬼嶋は中央の席に座り、雅紀達はその両側に座った。

どこからともなく音楽が流れ出し、奥の扉から数人の給仕が現れた。

手に手に、料理を運んでくる。

食事が始まった。

鬼嶋は沙緒里の歌や踊り、才能についてを、さまざまに例を挙げて賞賛した。

数十年に一人の逸材とまで言われて、沙緒里もさすがに面映《おもはゆ》いといった風に頬《ほお》を染める。

雅紀もまんざらではない。

「どうだね、沙緒里ちゃん。お口に合ったかな？」

デザートも食べ終わり、食後のお茶を飲みながら、鬼嶋が訊ねた。

「はい、どれも美味しくて、ちょっと食べ過ぎちゃいました」

「育ち盛りだからね、儂は沢山《たくさん》食べる人が大好きだよ」

無邪気な沙緒里の返事に、鬼嶋は顔を綻《ほころ》ばせた。

「さて、そろそろ余興の準備も整ったことだろう」

そう言って、手元のリモコンを操作した。

正面の壁に掛かっていた緞帳《どんちょう》がするすると開き、巨大なスクリーンが現れた。

「いやぁぁぁぁ！」

いきなり室内に女性の絶叫が響き渡った。

スクリーンに、無残に衣服を引き裂かれ、凌辱《りょうじょく》を受ける少女の姿が映し出された。

鎖に繋《つな》がれ、天井から吊《つ》るされた少女は、大森美憂だった。

プリーツスカートが大きく捲《まく》り上《あ》げられ、背後から男に貫かれている。

「見るな！」

雅紀は沙緒里に向かって叫んだ。

「あっ……ああっ……あああっ……」

沙緒里は、信じられないといった様子で、大きく瞳《ひとみ》を見開いたまま硬直していた。

沙緒里に駆け寄ろうとする雅紀の腕を、鬼嶋ががっしりと握った。

「は、離してください！」

必死に鬼嶋の腕を振り払おうとするが、どこにそんな力があるのか、振《ふ》り解《ほど》けない。

余裕の笑みさえも浮かべながら、鬼嶋が言った。

「取り乱さんでくれたまえ。せっかく沙緒里ちゃんのために用意したんだ。最後まで見てもらうよ」

「こ、こんな酷《ひど》いこと……」

「一つ間違えれば、沙緒里ちゃんがこうされていたのじゃよ？　君が助けてくれたから良かったものの、大変なことになるところじゃった」

まるで目の前の出来事は大変なことではないかのように、鬼嶋が笑う。

「まったく、ちょっと気を許すと、とんでもないことをしでかしおる」

そう言いながら鬼嶋はスクリーンに目を遣り、残忍な笑みを浮かべた。

スクリーンでは美憂への責めが続いていた。その奥に、数人の男達が血塗れで倒れていた。木林を始めとする、昨日大道具部屋にいた男達だった。まるで死んでいるかのように、折り重なって倒れたまま、ぴくりとも動かない。

「死んではおらんよ。死んだ方がましと思えるくらいのことはさせて貰ったがね」

雅紀の視線に気が付いたのか、鬼嶋は愉快そうに解説した。

「私の宝物に手を出したんだ。当然の報いじゃよ」

沙緒里は前方を凝視したまま、小刻みに震えている。

スクリーンの中で、美憂を背後から犯していた男が、ゆっくりと肉棒を引き抜いた。

肉棒は腕ほどもあろうかという巨大なもので、美憂の肉襞《にくひだ》は裂けているのだろう、鮮血に塗れている。

肉壺《にくつぼ》が内側から捲れ上がり、そのぽっかりと開いた穴から、血の混ざった白濁液が流れ出した。太股《ふともも》を伝い、膝の方へ流れ落ちて行く。

美憂は力なく項垂《うなだ》れたまま、肩で息をしている。その鼻先から、顎《あご》から、涙と涎《よだれ》と汗とが、糸を引いて滴り落ちた。

休む間もなく、別の男が美憂の尻を鷲掴んだ。

その男のペニスも異様だった。先ほどの男よりはやや小振りだが、その表面にごつごつとした突起が巡らされている。

無造作に突き入れた。

「ひぎぃぃぃぃぃぃっ!!」

絶叫と共に美憂の首が跳ね上がる。

「いやぁぁぁぁ!　抜いてぇぇ!　抜いてぇぇぇっ!」

汗と涙を撒き散らしながら、狂ったように首を振った。

「やめて……もうやめてぇぇ!」

沙緒里が耳を塞《ふさ》ぎながら絶叫し、床にしゃがみ込んだ。

スクリーンに見入っている鬼嶋の手を払《はら》い除《の》け、雅紀は沙緒里に駆け寄った。

雅紀の腕の中で、沙緒里はがくがくと震えている。

「やだ……やだよぉ……もういやだよぉ……」

背を丸め、両手で耳を塞ぎながら、泣きじゃくっていた。

沙緒里を抱きしめる雅紀の胸中に、激しい憤りが込み上げてきた。

「こんなことが……こんなことが許されると思っているんですか⁉」

自分でも驚くような声で、鬼嶋に向かって叫んでいた。

鬼嶋は一瞬雅紀の方を不思議そうに見て、くくっと喉を鳴らした。

「許すも許さぬもあるまい。こいつらが沙緒里ちゃんにやろうとしたことを、やっておるだけじゃよ」

「だからって、こんな……」

「君はまだ若い。やらなければやられるだけだ。この世の中、甘いことを言ってたら、寝首を掻《か》かれるよ。雅紀君」

鬼嶋は雅紀達を見下ろしながら、静かに話し始めた。

「儂も若い頃には君と同じように思っておったよ。正義感に燃え、理想に燃えておった。じゃが、騙《だま》され、裏切られ、気づいたのじゃ。やられるのが嫌なら、やられる前にやるしかない、とな……そうして築き上げたのが、今の儂の地位じゃよ」

そう言って鬼嶋は、室内を見せつけるように手を広げた。

「この世の中は理不尽なことだらけじゃ。それに抗《あらが》い、流されず、己の思うままに生きて行こうと思ったら、やられる前にやる、これしかないじゃろう」

哀れむような、諭すような鬼嶋の声に、雅紀は何も言い返せなかった。

何かが間違っている……だが、厳然と目の前にある鬼嶋の強大な力に、自分はどう抗い得るのか。

「今夜は楽しかったよ、雅紀君。これからも沙緒里ちゃんをよろしく頼むよ。沙緒里ちゃんは儂の大事な大事な宝物じゃからのう」

そう言って、鬼嶋はスクリーンに向き直った。その陰惨な凌辱の光景が、さも愉《たの》しくて仕方がないといった表情で、見入っている。

雅紀は、怯《おび》えきった沙緒里を抱きかかえるようにして立たせ、部屋を後にした。

「ひぎぃぃぃ……もういやぁ……殺してぇ、一思いに殺してぇぇぇっ!!」

閉じようとした扉の隙間《すきま》から、美憂の悲鳴が聞こえた。

雅紀は、振り切るように、扉を閉じた。


「沙緒里の具合はどう?」

「かなり参っていると思います。でも、収録に穴を開けるわけにはいかないと言って……」

「そう……」

「……こんな時くらい、休ませてあげられないんですか?」

「ここが踏ん張り時だって判っているから、沙緒里も弱音を吐かないでいるのよ……」

「厳しいんですね」

「そうね。弱みを見せれば、蹴落とされ、出し抜かれる世界よ。誰もが必死にチャンスを狙っているんですもの……」

絵美子の言葉に、雅紀は昨夜の鬼嶋の言葉を連想した。

やられる前にやれ……。

美憂も、そう思ったのだろうか？

「大森美憂は表向きには写真集の撮影で海外に行ってることになっているけど……もう復帰は無理でしょうね」

「そうですか……」

「それだけ鬼嶋さんの影響力は大きいってことよ」

絵美子は鬼嶋の正体をどこまで知っているのだろう？

裏切ったとは言え、それまで気に入っていたはずの美憂に、あれほど残忍な仕打ちをする男なのだ。

そんな男に魅入られた沙緒里は、この先どうなってしまうのだろう。

「でも、鬼嶋さんの加護を受けたことは大きいわ。沙緒里が芸能界でトップを目指していく上では強力な切り札になるわよ」

そうまでして、沙緒里はトップアイドルを目指したいのだろうか？

あの、悪魔のような男の力を借りてまで。

「雅紀さん。沙緒里はあなたをとても頼りにしているわ。沙緒里を支えてあげてね」

「え？」

絵美子の言葉に、雅紀は不吉な思いから我に返った。

絵美子が、真剣な眼差《まなざ》しで雅紀を見つめていた。

「これからも今まで以上に大変な事が起きるかも知れない。そんな時に沙緒里を支えられるのはあなただけなのよ」

絵美子にも、不吉な予感があるのかも知れない。

沙緒里を守りたい思いはある。誰よりも強く、そう思っている。

だが……あの鬼嶋のような男から、沙緒里を守ることができるだろうか……。

「できれば、ずっと私が付いていてやりたい。でも、泰蔵さんがいない今、沙緒里が進むための道を用意するのが私の役目。一緒に付いていることは出来ないの。だから、雅紀さんだけが頼りなのよ。お願い、私達を助けて」

そう言う絵美子の眼から、涙が零《こぼ》れた。

「もちろんです。何があっても、僕が沙緒里を守ります」

口にして、雅紀は泰蔵の言葉を思い出した。

お前が、絵美子さんと沙緒里を守ってやってくれ……。

守るとも。雅紀は胸の中で呟いた。

第八章　生贄

「いろいろ大変だったみたいだな」

羽家沢だった。雅紀の横に座った。

「なんだか芸能界って大変な所ですね」

「ははは、今さらなにを言ってるんだい。煌《きら》びやかな表舞台ばかり想像していたわけじゃないだろ？」

「そうですけど……」

「まぁな、俺《おれ》だって時々みんな狂ってるんじゃないかって思うこともあるさ」

「羽家沢さんはこの業界長いから、鬼嶋のことも知っているでしょう？」

「鬼嶋か……」

さすがに声を潜める。

「鬼嶋が沙緒里をとても気に入ってるみたいなんです」

「……美憂ちゃんが沙緒里ちゃんを陥れようとしたんだってな」

「知っているんですか？」

「ああ、人の口に戸は立てられない。どこからか漏れてくるものさ」

「それにしてはどこの週刊誌も騒ぎませんよね」

「鬼嶋の力さ。マスコミも鬼嶋を恐れて取り上げないんだよ。それこそ命に関《かか》わるからな」

「命に？」

「今までにも鬼嶋に刃向かって奴《やつ》の行状を暴こうとした人間は何人かいたらしいが……。皆、事故に遭《あ》ったり、行方不明になったり……そういうわけさ」

沙緒里はなんという人物に見初められてしまったんだろう。

鬼嶋という男を知れば知るほど、雅紀はその恐ろしさに戦慄《せんりつ》を覚えるのだった。


収録が終わって控え室に戻ると、沙緒里の姿が見当たらなかった。

「由奈、沙緒里はどうしたんだ？」

「沙緒里？　さっきまで一緒にいたけど……恵里佳、沙緒里知らない？」

「え？　知らないよ」

雅紀は一瞬嫌な予感がした。

先日のレイプ未遂の一件が頭を過《よ》ぎったのだ。

「あ……もしかしたら松岡さんとどこかに行ったのかも……」

恵里佳が暢気《のんき》そうに言う。

「松岡と？」

「松岡さん、沙緒里のこと探してたし……まったく、沙緒里のどこがいいのかしら？」

「だとしたら、まだスタジオにいるんじゃない？」

雅紀は慌てて控え室を飛び出した。

収録の後片付けや次の撮影の準備で、スタジオ内は騒然としていた。

セットの骨組みの蔭《かげ》に、沙緒里と松岡の姿を見つけた。

「……だからさぁ、朝倉プロなんか辞めてうちへおいでよ。悪いようにはしないからさ」

「そんなこと言われても……困ります」

「お母さんには俺の方から話つけてあげるからさ。沙緒里ちゃんは素質があるんだし、売り方一つだと思うわけよ」

「沙緒里、そんな奴の話なんか聞くことないぞ」

雅紀は二人の間に強引に割り込んだ。

「またお前かよ。素人の出る幕じゃねぇだろうが」

「俺は沙緒里のマネージャーだ」

「だからさぁ、マネージャーだの兄貴だのじゃお話にならないんだよ。アーティスト同士の話なんだからさぁ」

「なんの話だろうが事務所を通してください」

「おいおい、俺を誰《だれ》だと思って口利《き》いてんだ？　過保護も過ぎれば迷惑だぜ。このシスコン野郎」

「なんだと？」

松岡の発した一言に、雅紀はかっとなった。

「やめて！　お兄ちゃん！　松岡さんもやめて下さい!!」

沙緒里が二人の間に割って入る。

「大の男が二人、なにやってるのよ。みっともないわね」

一触即発の所に現れたのは舞だった。

「こんなところで殴り合いでもするつもり？」

舞が雅紀と松岡を交互に睨《にら》みつける。

「行こう。沙緒里」

雅紀は沙緒里の手を引いてその場を離れた。

「ごめんね」

すれ違いざまの舞の呟《つぶや》きに振り返ると、舞は悪戯《いたずら》っぽくウインクした。

松岡は不貞腐《ふてくさ》れたようにそっぽを向いている。

スタジオを後にした。

「ごめんなさい」

歩きながら、沙緒里が心配そうに呟く。

沙緒里には雅紀が血相を変えて探しにきた理由が判《わか》っているらしい。

「心配してくれたんだね……ありがとう……」

照れ臭くて、雅紀は黙っていた。

数日後、沙緒里達《たち》への差し入れにジュースを買って控え室に向かうと、部屋の中から険しい声が聞こえてきた。

沙緒里達が先に戻ってきていたらしい。

だが、洩《も》れ聞こえてくる声色の険悪さに、雅紀は扉《とびら》を開けるのを躊躇《ちゅうちょ》した。

何事だろう？　中の様子を窺《うかが》ってみる。

「本当に私《わたし》……お二人がどうしてそんなに怒っているのか判らないんです……」

訴えるような、沙緒里の声。

「それなら言うけど、あなた、松岡さんからお声が掛かってるみたいじゃない」

剣のある声は由奈だ。

「ちょっとばかり人気が出てきたからって、ＴＭファクトリーに移ろうとか思ってるんじゃないの？」

嫌味たっぷりに恵里佳。

「そんな、誤解です。確かに松岡さんからそんな話をされたことはあるけど……でも私、ＴＭファクトリーには移りません」

松岡のことで沙緒里が由奈達に責められているようだった。

あまりにも理不尽な話に思えて、雅紀は怒りが込み上げてくる。

「私だったら、さっさと移籍するけどなぁ。後のことは気にしなくていいのよ？　トゥインクルはあなたが抜けてもちゃあんとやって行くから」

「あなたが入ってから私達の調子、狂いっぱなしなのよ」

「いやぁ、みんな、待たせちゃってごめんね」

雅紀はことさらに大きな声を掛けて、控え室の扉を開けた。

由奈と恵里佳は、何ごともなかった風にとぼけている。沙緒里は俯《うつむ》いていた。

「それじゃ、お先にぃ」

「あっ、待って。一緒に帰ろ」

由奈と恵里佳が揃《そろ》って、控え室を出て行く。

控え室の扉が閉まると同時に、沙緒里は力が抜けたように椅子《いす》にへたり込んだ。

「大丈夫か、沙緒里？」

「うん……なんだか、いろんなことがいっぱいあって……疲れちゃった」

「沙緒里……無理しないでいいんだぞ？」

「ううん、大丈夫。かんばるよ。沙緒里、負けないから……」

そう言って沙緒里は無理に微笑《ほほえ》もうとする。

「いいんだ、沙緒里。俺の前では無理をしなくていいよ」

「ありがとう……お兄ちゃん……」

そう呟いて、沙緒里はほっとしたように目を閉じた。

こんなに小さな身体《からだ》で、よくがんばる……雅紀は沙緒里のいじらしさに胸が痛くなった。

本来チームメートとして助け合うべきはずの仲間達に、いつもあんな嫌がらせを受けていてはどんな子だって参らない方が不思議だ。

このまま放っては置けない……。

雅紀はそう思った。


「そう、そんなに深刻なの……」

雅紀は由奈と恵里佳のことを絵美子に相談した。

いろいろと問題の多い時期だけに、少しでも沙緒里の負担を取り除いてやりたかったのだ。トゥインクルにとっても、今の状態が決して良いとは思えなかった。

「判ったわ……その件は私に任せて」

「ええ、マネージャーとして情けない話ですが……お願いします」

雅紀が鬼嶋から呼び出されたのは、それから数日後のことだった。

鬼嶋邸の応接室の扉の前に立つと、部屋の中から微《かす》かに喘《あえ》ぎ声《ごえ》が聞こえた。

不審に思いながらも部屋に入る。

第八章　生贄

部屋の中は薄暗かった。

「よく来たね。もっと近くへ来てご覧なさい」

部屋の奥から鬼嶋の声がした。

声のする方へ近づいて行った雅紀は、目の前の光景に唖然《あぜん》とした。

「あうっ……ひっ……あううぅっ……」

トゥインクルの衣装をはだけさせた恵里佳が喘いでいる。

椅子に座った鬼嶋の身体に抱きつくような格好で、大きく開かれた股間《こかん》の中心部には鬼嶋の太いペニスが深々と突き刺さっていた。

「え、恵里佳⁉」

「はぁっ……いやっ……見ないで……いやぁぁぁ！」

雅紀に気が付いて、恵里佳は鬼嶋の胸に顔を伏せた。

「嫌なのか、ん？　見て貰《もら》いなさい、お前の浅ましい姿を」

「ああっ……そんな……ひっ、ひうううっ」

恵里佳は鬼嶋にしがみつきながら、かぶりを振る。

「こ、これは……どういうことですか？」

「由奈くんも、そこにおるよ」

鬼嶋が顎《あご》をしゃくって示した方を振り返ると、由奈が床に蹲《うずくま》っていた。

すでに凌辱《りょうじょく》を受けた後らしく、表情が虚《うつ》ろだった。

「ふふふ、二人とも実に素直な子達じゃ。儂《わし》がお願いしたらちゃんと判ってくれたよ」

「ううっ……ひいっ……ひぐうううっ……」

鬼嶋は話しながらも、両腕で抱え上げた恵里佳の身体を揺さぶり続けている。

「ああっ……鬼嶋さまぁ……キスして下さいぃ……」

恵里佳は、はあはあと喘ぎながら、懇願した。

鬼嶋が顔を寄せると、恵里佳は貪るように鬼嶋の唇を吸い上げる。

「んっ……んんっ……んううっ……」

「どれ……そんなに儂のものを飲みたいならくれてやろう」

鬼嶋は、自分の口内で溜《た》めた大量の唾液《だえき》を、恵里佳の唇に垂らした。

「はうっ……んっ……んごくっ……美味《おい》しい……」

恵里佳は喉《のど》を鳴らしながら飲み下す。

無理矢理させられている様子ではなかった。

あの恵里佳がこんなことまでするなんて……。

鬼嶋はくくっとほくそ笑み、恵里佳の身体をさらに激しく突き上げた。

「あぁっ……ひいっ……ううっ……あうううっ!!」

恵里佳が達したらしかった。

鬼嶋は脱力した恵里佳の身体を絨毯《じゅうたん》の上に放り出した。

「どれ、由奈くんもまた可愛《かわい》がってやろう。こっちにおいで」

呼ばれると、由奈は気怠《けだ》るそうに起き上がり、覚束《おぼつか》ない足取りで鬼嶋の方へ近づいて行った。

由奈は鬼嶋の方に尻《しり》を突き出し、彼のペニスを自らの手で秘所にあてがうと、腰を下ろした。

「はううぅっ！」

快感に身体を仰《の》け反《ぞ》らせたかと思うと、自分から腰を使い始めた。

「あうう……き、気持ちいい……」

日頃《ひごろ》の由奈からは想像もつかない、淫《みだ》らに惚《ぼ》けた表情を浮かべている。

由奈は、雅紀に気づいているのだろうか？

「どれ、お前も雅紀くんに見てもらうかね？」

鬼嶋は由奈の膝《ひざ》を抱え上げるようにして、雅紀の方に身体を向けた。

「あひぃい……いやぁ……み、見ないでぇ……」

二人の結合部分から夥《おびただ》しい量の愛液が噴き出した。

「ふぉほほほ、潮を吹きおったわい」

「いやぁぁ…恥ずかしいぃ……あうぅ…」

由奈は恍惚《こうこつ》とした表情で、弱々しく身を捩《よじ》る。

「由奈……普通じゃないですね」

「ふふふ、なかなか気丈な子でな。ちと薬を使ったら素直になってくれたよ」

「突いてぇ……もっと……由奈のオマンコ……いっぱい、突いてぇぇ……」

鬼嶋が動きを止めると、由奈はもどかしそうに自ら腰を動かし始める。

「ふほほほ、そうか、もっと突いて欲しいのかお前は」

「はぁぁ……突いてくれないと、おかしくなりそうなの……突いてぇ……」

「最初はあんなに嫌がっておったのにのぉ……」

鬼嶋が激しく腰を突き上げると、由奈は身体を仰け反らせて歓喜の声を上げた。

「ひゃうっ……ああっ……すごいぃ……由奈おかしくなりそぉ……」

あの由奈をここまで変えてしまうには、一体どれほど

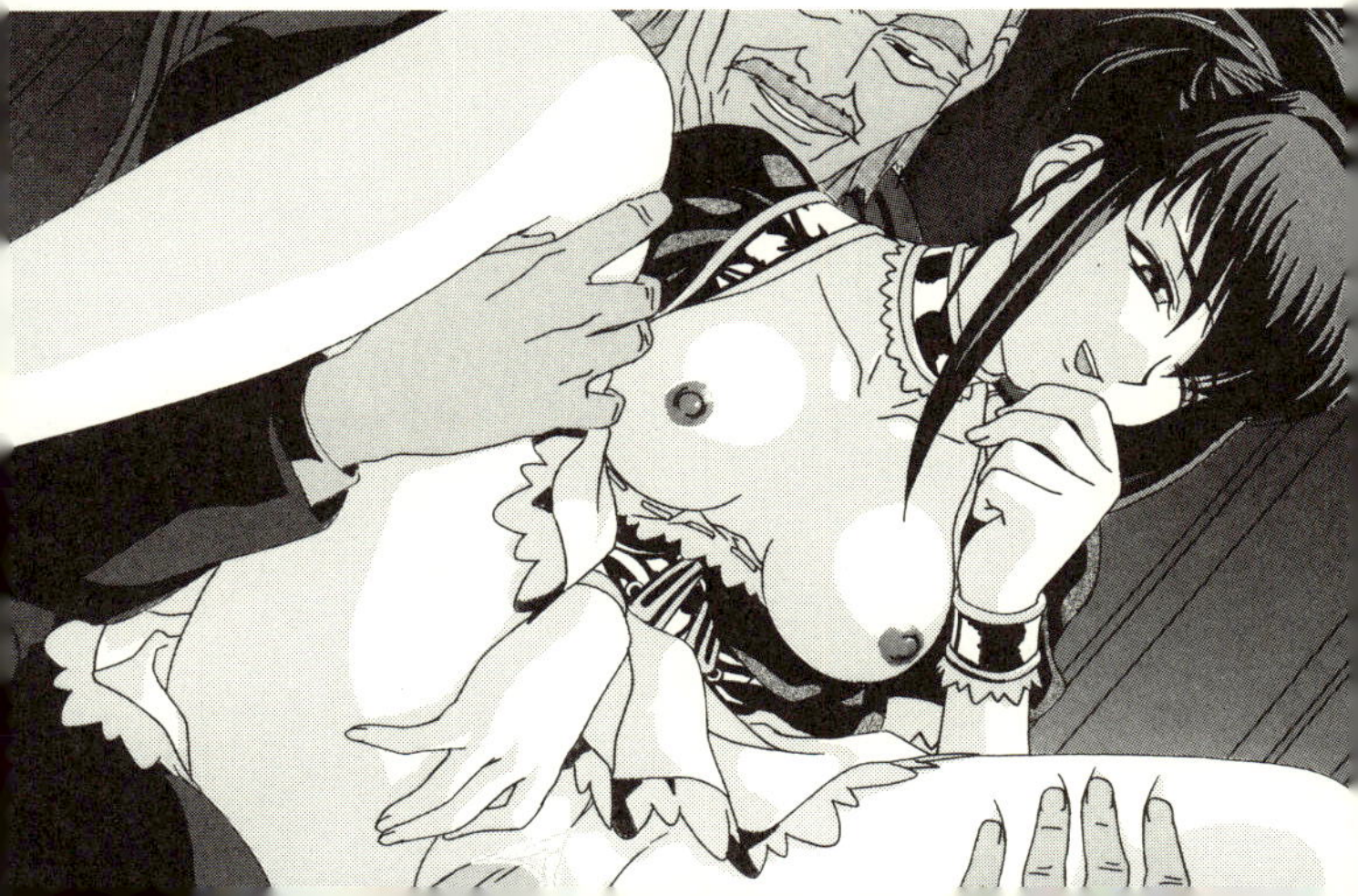

強力な媚薬《びやく》が使われたのだろう？

「まぁ、そういうわけじゃ。これで雅紀君の心配も解決したじゃろう？」

呆然《ぼうぜん》と立ち尽くしている雅紀に、鬼嶋が言った。

「あ、ありがとうございます……」

「どうじゃ？　君も愉《たの》しんで行かんかね？」

「いえ、社に仕事が残っておりますので……」

「それは残念じゃな……まあ、よかろう」

「失礼します」

「雅紀君」

呼び止められた。

「こういう相談ならいくらでも乗らせてもらうよ？　絵美子君にもよろしくな」

そう言って鬼嶋は高らかに笑った。

雅紀は鬼嶋邸を後にした。


翌朝、出社した雅紀は由奈と恵里佳がいることに驚いた。

「おはようございます」

「どうしたの？　敏腕マネージャーさん？」

昨日、あれほど激しい凌辱を受けたというのに、二人とも普段と変わらない様子だ。

「なにを驚いているのかしら？」

そう言って、不敵な笑みを浮かべる。

「それにしても、鬼嶋さんを利用するなんて、あなたのこと見直したわ」

「ほんと、やられたってカンジ」

「今、恵里佳とも話してたんだけど、こうなっちゃったら私達の負けだわ。あなたや沙緒里と上手《うま》くやることで鬼嶋さんに面倒を見て貰えるんだったら、私達にとっても悪い話じゃないし……」

あっけらかんとした二人の様子に、雅紀は戸惑いを隠せない。

「なあに？　私達に激しく詰《なじ》ってもらいたいわけ？　それとも沙緒里に泣きつこうかしら？　雅紀お兄ちゃんにお仕置きされちゃったの〜って」

「ふふふ、安心なさい。沙緒里の邪魔はしないっていうのが鬼嶋さんとの約束だからね。誰にも何も言わないわ」

「そういうこと！　もう過ぎちゃった話だもん。こんなのよくあることだし、いつまでも気になんてしてられないわ」

「これからは仲良くやりましょう。ね、マネージャー」

そう言って、二人は事務所の奥へ消えていった。

こんなことになるなんて……。

絵美子に相談したことが、こんな結果になるとは、雅紀は想像もしていなかった。

少なからず良心の呵責《かしゃく》を覚えた雅紀だったが、今日の二人の様子もまた、雅紀の予想外のものだった。

なんにしても、問題は一つ、解決したんだ……。

雅紀は自分にそう言い聞かせた。

第九章　陰謀

「雅紀さん、ちょっと……」

絵美子に呼ばれ、雅紀は社長室に入った。

その声色に、いつにはない深刻なものを感じて、雅紀も緊張する。

「どうしたんですか？」

「実は……この朝倉プロを乗っ取ろうという企みがあるの」

「乗っ取り？　一体誰《だれ》がそんなことを」

「TMファクトリーの松岡よ。それに……結城舞が一枚噛《か》んでいるらしいわ」

「舞さんが？」

松岡はいざ知らず、舞の名前が出てきたことは、雅紀には意外だった。

「泰蔵さんにも聞いていたけど…あの舞って子、油断ならないわ」

「親父《おやじ》が？　なんて言ってたんです？」

「あの子、上昇志向がものすごく強くて、そのためには手段を選ばないらしいの」

絵美子の言葉は、雅紀の知っている舞とすぐには結びつかなかった。

「まだグラビアアイドルだった頃《ころ》、うちに移籍を申し入れてきて、泰蔵さんが断ったことがあるんだけど、それも移籍をちらつかせて所属事務所の待遇条件を引き上げるのが狙《ねら》いだったみたいで、それが判《わか》っていたから泰蔵さんは断ったんですって。そのすぐ後に松岡の一件でしょ？　うちの名前を使って、随分松岡から好条件を引き出したらしいわ……」

驚くべき真相だった。

「その話は……沙緒里には話したんですか？」

「こんな話をしても沙緒里が傷つくだけだわ。あの子、人を信じすぎるところがあるから」

確かに絵美子の言う通りだった。

舞を慕っている沙緒里にはとても信じられないだろうし、聞かせたくない話だ。

それにしても、松岡らしい卑劣な計画だった。

朝倉プロを守るためには多くの課題があったが、中でも絵美子を悩ませているのが、タレントに対する引き抜き工作だった。

松岡が美味《おい》しい話をちらつかせ、結城舞がタレント達《たち》の心を獲《と》る。それが奴《やつ》らの常套《じょうとう》手段らしい。

言われて、雅紀にも思い当たる節があった。

由奈や恵里佳にも、すでに手が伸びていると、雅紀は思った。本人達に自覚はないだろうが、松岡が甘い話を持ちかけ、舞が説得にあたれば、彼女らは奴らを信じるだろう。

そうやって数人を引き抜かれれば、朝倉プロダクションは経営的な窮地に陥る。

話の次第では、鬼嶋もどう態度を変えてくるか判らなかった。

泰蔵が築き、絵美子が守ってきたこの朝倉プロを乗っ取られるわけにはいかない。

雅紀の中に沸々と怒りが込み上げてくる。

「雅紀さん……あなたにやって欲しいことがあるの」

絵美子が険しい表情で、切り出した。


やがてその日はやってきた。

鬼嶋グループのバックアップで実現した、朝倉プロとTMファクトリーのジョイントコンサートだった。

カクテル光線に照らされて、大勢のファン達の熱い声援を浴びながら歌い踊る三人。

熱気と興奮に包まれたステージの上で、力いっぱいに歌う沙緒里達の姿を、雅紀は舞台の袖《そで》から見つめていた。

躍動感溢《あふ》れるステージだった。

三人それぞれに魅力的だが、中でも沙緒里は一際《ひときわ》輝いている。

やはり沙緒里はトップアイドルになるために生まれてきたんだ。

義妹の活躍を眩《まぶ》しそうに見つめながら、雅紀は確信した。

朝倉プロを守り、沙緒里を守るために……俺《おれ》は鬼にならなければならない。

今日までに何度も自分に言い聞かせてはみたものの、やはり、いざとなると躊躇《ためら》われるものがある。

本当にこれでいいのだろうか？　もしかしたら別の方法があるんじゃないだろうか？

第九章　陰謀

先日、絵美子から頼まれた一件を、雅紀はいまだ迷っていた。

「沙緒里ちゃんは素晴らしいねぇ」

いつの間に現れたのか、鬼嶋が雅紀の横に立っていた。

「鬼嶋さん……」

「儂《わし》は才能のある子が大好きだ」

そう言って、好々爺《こうこうや》のように微笑《ほほえ》む。

「絵美子君から聞いたよ。良からぬ計画があるそうじゃないか」

「はい……」

「それで、君のやるべきことは、絵美子君から聞かされておるね？」

鬼嶋はすべてを知っているかのように雅紀の顔を覗《のぞ》き込《こ》んだ。

「雅紀君、ここは決断する時じゃよ」

言われて、鬼嶋の方を見た。

「君のお父さんが創《つく》った朝倉プロをみすみす松岡に奪われてしまって良いのかね？」

そう言われても、雅紀にはまだ釈然としないものがある。

「儂が前に言ったことを覚えているかね？」

「やられる前にやれ……」

「そう、この業界で生き残るための鉄則じゃよ」

やはり、やるしかないのだろうか……。

「後のことは儂に任せなさい」

鬼嶋は意味ありげな笑みを浮かべ、雅紀の肩を叩《たた》くと、ゆっくりと歩き去った。

やられる前にやれ……やられる前に……。

雅紀は心を決めた。


雅紀は舞を舞台裏に呼び出した。

「こんなところに呼び出して……用事ってなに？」

舞はいつもと変わらない態度で微笑んでいる。

「まさか……あなたが好きです！なんて言い出さないでよ？」

冗談っぽく言って、笑う。

雅紀は無言のまま舞の腕を取り、人通りのない方へと歩き出した。

「ちょ、ちょっと……なんなのよ」

舞は戸惑ってこそいるものの、警戒した様子はなかった。手を曳《ひ》かれるままに、雅紀の後を着いて来る。

往来もまばらな通路から、さらに奥まった辺りまで来て、雅紀は立ち止まった。

雅紀に掴《つか》まれていた手首に、硬いものがあたる感触があり、カチャリという音がした。

第九章　陰謀

「え？」

金属製の手錠《てじょう》が、舞の手首とステージの骨組みのパイプを繋《つな》いでいた。

「こ、これ……どういうこと？」

さすがに舞も事態の異様さに気がついた。

手錠を外そうと試みるが、当然外れるはずがない。

突然、雅紀の容赦ない平手が、舞の頬《ほお》を打った。

「あうっ⁉」

舞の身体《からだ》が骨組みのパイプに激しくぶつかり、地面に崩れ落ちる。

雅紀は無言のまま、ポケットから鋏《はさみ》を取り出し、舞のミニスカートを跳ね上げた。

「怪我《けが》をしたくなかったら大人《おとな》しくしてろよ」

舞の両足の間に屈《かが》み込《こ》み、ショーツの両脇《りょうわき》を鋏で断ち切る。

布切れと化したショーツを毟《むし》り取《と》ると、舞の茂みが露《あら》わになった。

「や、やめて…？　ま、雅紀君、どうしてこんなことをするの？」

舞の怯《おび》えた声が、雅紀の胸を締めつけた。

良心の呵責《かしゃく》を振り払うかのように、もう一度舞の頬を張り倒す。

「ひぃっ‼」

「黙ってろ……」

用意しておいたデジタルカメラを取り出し、舞の股間《こかん》に向けてシャッターを切る。

茂みを掻《か》き分《わ》け、秘所もはっきりと見えるようにして、さらに撮《と》った。

本能的にカメラから顔を背《そむ》ける舞の横顔からは血の気が失せていた。

その横顔からは血の気が失せていた。

あまりにも理不尽な痛みと恐怖に、がちがちと歯を鳴らして震えている。

「大人しくしていればすぐに終わる。いいな？」

ことさらに押し殺した声でそれだけ言って、雅紀はズボンのチャックを下ろし、自分のものを取り出した。

情けないことにそれは萎《しお》れていた。雅紀にしても、こんな状況では屹立《きつりつ》するはずもない。

「くそっ」

雅紀は舞の髪を鷲掴《わしづか》み、無理矢理に顔をこちらに向かせて、その唇を奪った。

荒々しく舞の胸を揉《も》みしだく。

俺はあの結城舞をレイプしているんだ……。

必死に自分に言い聞かせ、自らを昂《たか》ぶらせようとした。

「んっ！　んぐっ」

強引に唇を割って侵入してきた雅紀の舌に、舞は歯を食いしばって抵抗した。

固く閉じた眦《まなじり》から、涙が零《こぼ》れる。

雅紀は夢中に舞の唇を貪った。
その歯茎も、柔らかな唇も、自分の唾液《だえき》で汚してやる。
微《かす》かな疼《うず》きを覚えた。
舞を汚し尽くすという考えに、雅紀の中の奥深いところで、獣欲が反応したのだった。
突然、舞の唇を解放した。
痛々しげな舞の顔を、じっと見下ろす。
舞が、そっと眼《め》を開いた。
「ま…さき…くん？」
掠《かす》れた声で、舞が喘《あえ》ぐように言った。
舞は、雅紀の真意を探るかのように、雅紀の瞳《ひとみ》を真《ま》っ直《す》ぐに見上げていた。
「口を開けろよ……俺の唾液を飲むんだ……」
髪を鷲掴んだ手に力を込めて、喉《のど》から搾《しぼ》り出《だ》すように、命じた。
逡巡《しゅんじゅん》があって、恐る恐る、舞の唇が開かれた。
そこに、雅紀は自分の唾液を落とす。
雅紀の舌先から糸を引いて滴り落ちた唾液が、舞の口の中に注がれた。
「あ……んっ……」
舞の反り返った喉が動いた。

指先で、舞の唇をこじ開けた。

「俺の指をしゃぶれ……」

一瞬、舞の瞳に怯えの色が浮かんだが、やがて観念したかのように、小さな舌が、雅紀の指に絡んだ。唇に捩《ね》じ込《こ》まれた二本の指を、舞が必死に舐《な》め回す。

その表情は、凄まじく扇情的だった。

舞の唇から指を引き抜き、キスした。今度は、舞の抵抗は弱かった。

それどころか、雅紀の差し込んだ舌に舞は自分の舌先で応《こた》えた。情熱的な、キスだった。

唾液に濡れた指先で、舞の秘所に触れた。

その瞬間、彼女の全身が、びくっと、竦《すく》み上《あ》がった。

クレバスをなぞるように、指先を動かす。

舌を絡ませ合い、吸い合いながら、丹念に、優しく、舞の敏感な部分を愛撫《あいぶ》した。

「ん……あ……はっ……」

舞の喉の奥から、甘く熱い吐息が洩《も》れてきた。

花弁がわずかに綻《ほころ》んでいる。指先に力を加えると、その奥が潤んでいるのが判った。

どうしてこんな風になるんだ⁉

言い知れない怒りが、雅紀の中で起こった。

暴力で、無理矢理犯されようとしているのに。

松岡と組んで、俺達を、朝倉プロを陥れようと企んでいる女の癖に。
胸が痛んだ。自分の中の怒りが、何に向けられたものなのか、雅紀には判らなかった。
唇を離した。
無言のまま、掌《てのひら》に唾《つば》を吐き、それを十分に固くなっている自分のものに塗りつけた。
舞の両足を肩に担ぐようにして、彼女の中心に自分の先端を突きつける。
その時、舞が何か呟《つぶや》いたが、よく判らなかった。
ぐっと、腰を突き出す。
「ううっ」
舞が呻《うめ》いた。
雅紀は自分のものを握りしめ、その先端で、舞の柔肉を捏《こ》ね回《まわ》す。
一度腰を引き、再び突き入れた。
「うぐっ……うっ……」
少しずつ、少しずつ、先端が舞の中に潜り込んで行く。
数度繰り返して、一気に突き入れた。
「ひっ……ううっ……ぐっ……」
深々と突き刺さった。
舞は、繋がれたパイプにしがみつくようにして、堪えていた。その綺麗《きれい》な顔が苦悶に歪《ゆが》んでいる。

雅紀は行為に没頭しようとした。

俺は結城舞を犯し、汚し尽くすんだ……。

根元まで埋め込んだ肉棒を、舞の肉が締めつけていた。

その心地よい感触に、舞の身体を征服したのだという実感が湧《わ》き上《あ》がる。

「あうっ」

胎内で雅紀のものが脈打つたびに、舞の身体に震えが走った。

雅紀は腰を動かし始めた。ゆっくりと、小さく、腰を引き、突き入れる。

「ひぎっ……ぐうっ……んんっ……」

舞は全身に力を込めて、雅紀の抽送《ちゅうそう》に耐えているようだった。

滑り具合を確認しながら、徐々に振幅を大きく、スピードをつけていく。

舞の中は燃えるように熱く、湿り気は十分だった。絵美子ほど柔らかくはないが、締めつけは格段に強い。

舞の苦悶の表情を見下ろしながら、雅紀は夢中に突き立てた。

雅紀の中の昂ぶりが、一つの方向に向かってぐんぐんと加速して行く。

「このまま……出してやるっ……くっ！」

そう口にした途端、雅紀の中の獣が、一層猛《たけ》った。

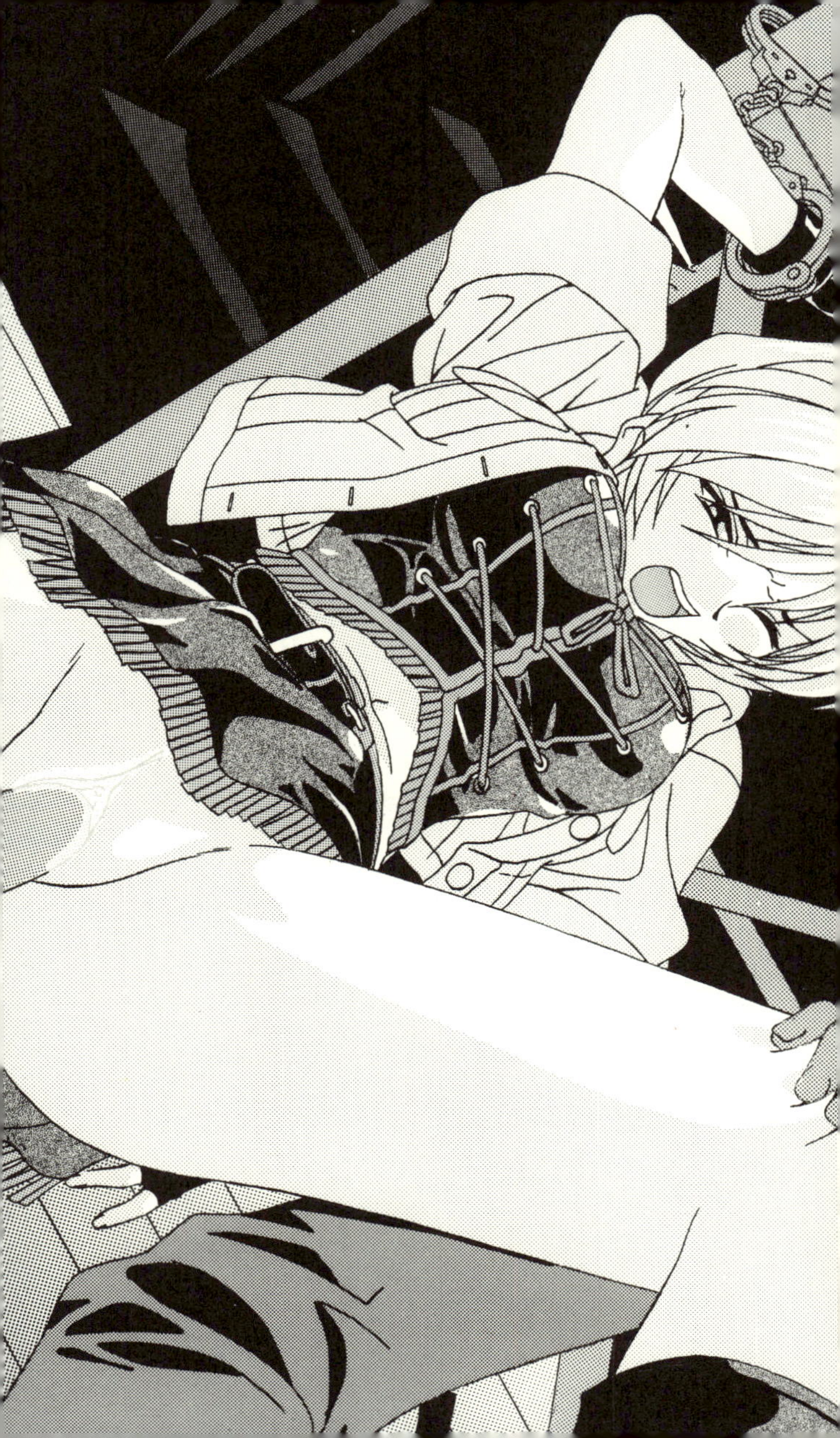

「だ、だめっ！　中はだめぇ！　いやぁっ!!」

そうだ！　結城舞の中に、俺のものをぶちまけてやる！

どす黒い欲望が、湧き起こった。

舞は必死に身を捩《よじ》って抵抗する。

逃げようとする舞の腰を力任せに押さえつけ、いよいよ力強く突き立てる。

舞が抵抗するほど、その締めつけは強くなる気がした。

「だめなの！　お願いやめてっ！　いやっ……あああっ！」

「くうっ！」

どくんっと、弾《はじ》けた。

「いやあああっ!!」

その熱い迸《ほとばし》りが、舞の内側を叩いた。瞬間、舞の頭は真っ白になった。

雅紀は、なお深く捩じ込むように、腰を押し付けながら、最後の一滴まで絞り出す。

雅紀のものが脈動するたびに、舞の身体がびくりと痙攣《けいれん》した。

「やった……やったぞ……はは……舞の中に……俺は……出したぞ……」

雅紀は強烈な達成感の中で、呟いた。

「……酷《ひど》いよ……初めてだったのに……無理矢理じゃなくても良かったのに……」

舞は泣きじゃくっている。

「こんな風にするなんて……子供ができちゃうよ……酷すぎるよ……」
雅紀は肩で息しながら、またデジタルカメラを構えた。
まだ硬さを失っていない自分自身を、舞の中から引き抜く。
その瞬間瞬間をカメラに収めるべく、何度もシャッターを切った。
舞の中から引き抜かれる肉棒。
引き抜かれた直後の、だらしなく口を開いた結城舞の淫壺《いんつぼ》。
そこから流れ出る、血の混じった精液……血？
それを見た瞬間、雅紀はさっきから何度も耳にしていた、舞の呟きの意味を理解した。
気が付けば、破瓜《はか》の証明が、彼女の白い肌を、股間を、汚していた。
そうだ。舞は初めてだったのだ。俺は結城舞の処女を奪ったのだ。
激しい衝撃を覚えた。
歓喜、絶望、憤怒《ふんぬ》……込み上げる激情を叩きつけるように、シャッターを切った。
やがて、すべてが終わった。
泣きじゃくり続ける舞の手首から手錠を外し、雅紀は立ち上がった。
「もう……うちのタレントに近づくな……わかったな？」
それだけ呟いて、よろめくように、その場を離れた。

猛烈な疲労感が、雅紀から思考力を奪っていた。

まとまりのつかない頭の中で、さまざまな光景が、想《おも》いが、渦を巻いている。

取り返しのつかないことをしてしまった。ここはどこだろう。俺はやり遂げたんだ。舞はどうしただろう。もう済んでしまったことだ。沙緒里……。

ポケットの中で携帯電話が鳴っていた。

雅紀は出た。

「雅紀君、お疲れだったねぇ」

鬼嶋だった。

「くくく、後悔しておるのかね？」

その声は不快で、ひどく遠いものに感じた。

「あとのことは儂に任せておきなさい。なあに、悪いようにはせん」

何が良くて、何が悪いのか。一体何を任せるのだろう？

「今回のことで、君がきちんと出来る男だというのがよく判ったよ。雅紀君」

今は何も考えられなかった。

「これからも期待しているよ」

鬼嶋の笑い声が聞こえたような気がした。

翌日、松岡巧と結城舞の突然の長期休養が報じられた。

第十章　代償

「それじゃ、お先に」

「失礼しまぁす」

収録を終えて、先に着替えを済ませた由奈と恵里佳がさっさと控え室を出て行く。

二人きりになって、雅紀は沙緒里に声を掛けた。

「沙緒里、大丈夫か？」

沙緒里の様子が心配だった。

朝からずっと、どこか無理をしているように感じられたのだ。

「うん」

力ない返事が返ってきた。

よろけるように椅子《いす》から立ち上がり、更衣室に入る。

雅紀は、沙緒里が着替え終わるのを待った。

「うっ……ううっ……」

更衣室の中から、小さな呻《うめ》き声《ごえ》が聞こえてきた。

「沙緒里？　どうした？　大丈夫か？」

慌てて更衣室のカーテンを開く。

制服に着替え終わった沙緒里が、床にしゃがみ込んで、泣いていた。

「ううっ……ぐっ……うくっ……」

背を丸め、両膝《りょうひざ》を抱えるようにして、身体《からだ》を震わせている。

雅紀は、沙緒里の背中にそっと手を置いた。

びくっと、沙緒里の身体が大きく震えた。

「どこか具合でも悪いのか？　なにかあったのか？」

雅紀の問いにも、沙緒里は泣き続けるだけだった。


「……ありがと……お兄ちゃん……もう、大丈夫だから……」

しばらく経《た》って、沙緒里がぽつりと言った。

もう震えは止まっていた。

「泣いたら……ちょっとだけすっきりした……」

そう言って、沙緒里は弱々しく微笑《ほほえ》んだ。眼《め》が赤くなっている。

「最近いろんなことがあったから……」

沙緒里の言う通りだった。

本当にいろいろなことがありすぎた。沙緒里にも、雅紀にも。

「みんな、沙緒里のことを気遣ってくれて、できるだけ触れないようにってしてくれるのが嬉《うれ》しくて……でもそれがかえって、苦しかったの……」

「沙緒里……」

雅紀は、沙緒里の肩をぎゅっと抱きしめた。

「お兄ちゃん……これからも沙緒里の側《そば》にずっといてね……」

言いながら、雅紀の胸に頭を埋める。

「沙緒里ね……お兄ちゃんのことが好き。お兄ちゃんは沙緒里のこと好き？」

あまりに突然の問いに、雅紀は戸惑った。

今までにも、沙緒里から「好き」という言葉を聞かされたことは、何度かあった。

ただ、それはあくまでも兄妹としての親愛の表現だったはずに思う。

今沙緒里の口にした「好き」に、それ以上の意味が込められているかのように感じるのは、気のせいだろうか。

「な、なに言ってるんだよ……当り前じゃないか。俺《おれ》だって沙緒里のこと……大好きだよ」

沙緒里は、雅紀の「好き」にどんな意味を感じただろう。

胸が締めつけられるような気がした。

「沙緒里は……お兄ちゃんのことが大好きなの。沙緒里はいつもお兄ちゃんと一緒に居たいの。沙緒里は……」

堰《せき》を切ったように、言葉が溢《あふ》れ出《だ》した。

「……お兄ちゃんだけに歌を歌いたいの。沙緒里は……」

キスをしていた。

第十章　代償

唇を触れ合わせるだけの、キス。

溢れ出す想《おも》いが、それ以上言葉になることはなかった。

沙緒里は、そっと目を閉じた。

鼓動が伝わってくる。

温《ぬく》もりを感じる。

愛《いと》おしさが、切なくなるほどの想いが、互いの胸を満たし合った。

「お……兄ちゃん……」

潤んだ瞳《ひとみ》で、雅紀を見つめる。

「俺なんかで……良かったのか？」

こくんと頷《うなず》いた。

「お兄ちゃんじゃないと……だめなの……」

そう言って、再び唇を重ねた。

「んっ……」

舌先が触れ合った。夢中に絡ませ、吸う。

「ん……んふ……んん……」

沙緒里が甘い息を洩《も》らす。

苦しくなったのか、沙緒里が唇を離した。呼吸が、荒い。

「……どうしよう……胸が……どきどきして……苦しいよ……」
喘《あえ》ぐように言って、胸を押さえた。
沙緒里の身体を引き寄せ、床にそっと横たえる。
沙緒里は目を閉じた。
雅紀は、沙緒里の制服のボタンを、一つずつ外して行く。
リボンを解《ほど》き、ブラウスのボタンも外した。
さすがに、指先が震えた。
現れた白いブラジャーを摺《ず》り上《あ》げて、沙緒里の胸に顔を埋めた。
甘い体臭を、胸一杯に吸い込んだ。
「お兄…ちゃん……」
沙緒里は雅紀の頭を抱きしめた。
張りのある滑らかな肌の向こうから、早鐘《はやがね》のような鼓動が聞こえる。
桜色の沙緒里の初々しい乳首が、目の前にあった。
すでに硬く膨らんで、微《かす》かに震えるそれを、そっと口に含んだ。
「はうっ……ああっ……」
沙緒里の身体が、ぴくんと跳ねた。
口に含んだ乳首を舌先で転がしながら、沙緒里の身体を掌《てのひら》で優しく撫《な》でる。

「あっ……ああっ……はううっ……」

沙緒里は腿《もも》を擦り合わせるようにして、身を捩《よじ》る。

雅紀の掌が、空いている一方の乳房を包み込んだ。撫でるように、捏《こ》ねるように、揉《も》む。

その頂上の固い突起を、指先で摘《つ》まんだ。

「ああっ……あああん……」

雅紀の愛撫《あいぶ》に、熱が籠《こ》もり始めていた。

舌先で乳房を揉むようにして、沙緒里の胸を舐《な》め回す。

沙緒里は切なそうに喘ぎ、身を捩る。

その愛らしい喘ぎを洩らす唇を、荒々しく吸った。

「んんっ……んふ……」

太腿を撫で上げるようにしてスカートの中に侵入した雅紀の手を、沙緒里の手が抑《おさ》えた。

「ま、待って……お兄ちゃん……」

荒い息を吐きながら、小さな声で言う。

「……恥ずかしいの……シャワーも浴びてないし……」

「大丈夫だよ……」

そう言いながら唇を重ね、内股《うちもも》を撫でていた手を、沙緒里の大切な部分に向けた。

「あんっ……やっぱりだめ……恥ずかしいよぉ……」

沙緒里は雅紀の手を挟み込むように、腿を閉じ合わせる。

真っ赤になっている沙緒里の耳朶《じだ》に甘く歯を立てながら、囁《ささや》いた。

「触りたいんだ……」

「はうぅっ……さ、触る……だけだよ……？」

「膝を……開いて……」

観念したように小さく頷くと、恐る恐る太腿が開くのが判《わか》った。

雅紀の指先が、沙緒里のそこに届いた。

薄い布越しに沙緒里の丘を撫で、指先をクレバスに這《は》わせた。

これが沙緒里の……。

雅紀の胸が高鳴った。

ショーツの上からクレバスに沿って指先を動かし、小さな突起に触れた。

「ひゃうっ！」

沙緒里は感電したように、びくんと身体を震わせ、雅紀にしがみつく。

ショーツの脇《わき》から指先を潜り込ませた。

「はうぅっ！」

直に、触れた。

沙緒里の秘所は、熱く濡れていた。

「あぁっ……もうだめぇ……もう許して……」

息も絶え絶えにそう言った沙緒里の顔は、今にも泣き出しそうだった。

雅紀はスカートの中からゆっくりと手を引き抜いた。

沙緒里の形のいい頭を優しく撫でながら、額にキスする。

「大好きだよ。沙緒里」

抱きしめた。

股間《こかん》は痛いほどに緊張しているし、もっと感じたい、感じさせたいという欲求もあったが、どこか普段とは違った。

あの飢えるような、焦《じ》れるような感覚がなかった。じんわりとした、温かな、穏やかなものが、雅紀の胸を満たしていた。

「…お兄ちゃん……大丈夫なの？」

沙緒里が心配そうな顔で雅紀を見上げていた。

「……お口でしてあげようか？」

そう言って、恥ずかしそうに目を伏せる。

思いがけない提案に、雅紀の方がどぎまぎしてしまった。

「沙緒里……お前……」

「本とかで読んだことがあるもん……男の人のを……お口でするんでしょ？」

耳朶まで赤くなりながら、消え入りそうな声で、沙緒里が言う。

「……いいのか？」

「ん……」

小さく頷いた。


沙緒里がしやすいようにと、雅紀は椅子に腰掛け、沙緒里は雅紀の足の間に跪《ひざまず》いた。

沙緒里の目の前で、雅紀のそれが、痛々しいほどに硬く張り詰めている。

こんな風に沙緒里に奉仕させるのは、雅紀にとっては夢のようだった。

沙緒里の、熱い、湿った吐息を感じて、危うく暴発しそうになる。

「触ってもいい？」

「うん……」

沙緒里は恐る恐る手を伸ばした。

ひやっとした細くしなやかな指に触れられて、雅紀のペニスがびくっと脈打った。

「動いた……？」

沙緒里が、小さく、驚きの声をあげる。

「なんだか……可愛《かわい》いね」

恥ずかしそうに、照れ笑いを浮かべて、沙緒里は唇を近づける。

「うっ……」

沙緒里の舌先を感じた瞬間、雅紀は呻いた。

稚拙《ちせつ》で、もどかしい愛撫だったが、刺激以上の昂《たか》ぶりがある。他でもない、沙緒里の奉仕だからだ。

「気持ちいい？」

雅紀の肉茎を舐め上げながら、沙緒里は上目遣いに雅紀の方を見た。

「夢みたいだ……沙緒里にこんな風にしてもらえるなんて……すごく気持ちいいよ……」

沙緒里は嬉しそうに、髪を耳元に掻《か》き上げると、その小さな口に雅紀のものを含んだ。

「はむっ……んっ……」

時折歯の当たる不器用な口奉仕だったが、心がこもっていた。

一生懸命、雅紀のものを、吸い上げる。

肉茎の半分も呑《の》み込《こ》めずにいたが、その薄い舌先が縊《くび》れた部分を舐め上げた瞬間、雅紀は放ってしまった。

「ううっ！」

「んっ⁉　んむっ！　んんっ……」

沙緒里は突然の射精に驚き、慌てて口を窄《すぼ》める。

「うっ……はうっ……ううっ……」

沙緒里の口中で、雅紀のペニスが跳ねるように脈打つ。そのたびに、熱い迸《ほとばし》りが、沙緒里の喉《のど》を打った。

「んっ！」

突然、噎《む》せ返《かえ》り、沙緒里は慌てて雅紀のものを離した。自分の掌に、口の中に溜《た》まっていた雅紀の精液を吐き出す。

「コホッ、ケホッ……」

「だ、大丈夫か？」

「ケホッ、……ごめんなさい。お兄ちゃんのなのに……全部飲めなかったの……」

目を涙で潤ませ、掠《かす》れた声で沙緒里が呟《つぶや》く。

その桜色の唇から顎《あご》にかけて、溢れた精液で汚れてしまっていた。

「いいんだよ。そんなこと……十分嬉しかったから……」

ポケットからティッシュを取り出し、数枚を丸めて沙緒里の手に渡した。

もう数枚で、沙緒里の口元を、そっと拭《ふ》く。

「今度はちゃんと全部飲むから……ね？」

沙緒里は申し訳なさそうに、言った。

雅紀はそんな沙緒里が堪らなく愛しくて、いじらしく思えて、沙緒里の頭を優しく撫でるのだった。

その時、背広のポケットに入っていた携帯電話が鳴った。

慌てて携帯電話を取り出し、発光する液晶画面を見ると、鬼嶋からだった。

雅紀は冷水を浴びせられた気がした。

出ないわけには行かない。

「はい、もしもし……」

「こんばんわ、雅紀君。どうしたんだね、随分と声が上擦っておるようじゃが？」

「い、いえ……なんでもありません」

「そうか……そこに沙緒里ちゃんは居るかな？」

雅紀は沙緒里を見た。

「は、はい、おりますが……」

「これから二人で儂《わし》の屋敷に来ないかね」

「これからですか？」

「不都合かね？」

「いえ……判りました。すぐに参ります」

「楽しみに待っておるよ」

電話が切れた。

「誰《だれ》？」

沙緒里が心配そうな顔で訊《たず》ねる。

よほど雅紀の表情が暗かったらしい。

「……鬼嶋さんだよ。今から二人で来いってさ」

幸せな二人の時間を、汚されたような気がした。


突然の呼び出しに不吉なものを感じながらも、雅紀と沙緒里は鬼嶋の屋敷へと向かった。

「お兄ちゃんが一緒で良かった……」

長い廊下を歩きながら、沙緒里が心細げに呟く。

美憂の一件が、どうしても思い出されるのだろう。

雅紀は沙緒里の手を力強く握り締めた。


「よく来てくれたね」

二人の到着を待ちかねていたように、鬼嶋はソファを立って歩み寄ってきた。

恭《うやうや》しく沙緒里の手をとり、その甲に接吻《せっぷん》する。

「おや、どうしたのかね？　震えているじゃないか。寒いのかね？」

「い、いえ……」

沙緒里は微笑もうとしたが、上手《うま》くできなかった。

「おやおや……私《わたし》は沙緒里ちゃんに嫌われてしまったのかねぇ……」

鬼嶋は悲しそうな表情で首を振る。

「さて、用件というのは他でもないのだが……」

二人に椅子を薦め、自分もソファに腰掛けて、鬼嶋は鷹揚《おうよう》に切り出した。

「沙緒里ちゃん、君は処女だろうね？」

「え？　あ……あの……」

いきなり訊かれた沙緒里は、ひどく戸惑った様子で、雅紀の方を見た。

雅紀も、その質問の異様さに、狼狽《ろうばい》の色を隠せない。

「き、鬼嶋さん、それはどういう……」

「儂は沙緒里ちゃんに聞いておるんだがね」

鬼嶋の鋭い眼光が、雅紀を射抜いた。心臓を鷲掴《わしづか》みにされたような恐怖に、雅紀の全身が強張《こわば》る。蛇に睨《にら》まれた蛙《かえる》のようだった。

「ん、処女じゃないのかね？」

鬼嶋はもう一度沙緒里に訊ねた。

その表情こそ笑顔の形をしているが、それだけに形容し難い威圧感がある。

「しょ……処女です……」

沙緒里は息苦しそうにそう呟き、顔を伏せた。

「そうだろう。そうとも……沙緒里ちゃんは処女であらねばならんのだ……」

鬼嶋は満面の笑みを浮かべながら、嬉しそうに頷く。

「儂も随分と長く生きてきたが……沙緒里ちゃんほどの逸材に巡り会えるとは、ついぞ願っても見なかったことじゃ……」

鬼嶋は熱にうかされたように語り始めた。

「誰の中にも、己の欲望と直面した時にのみ露《あら》わになる、秘められたもう一つの貌《かお》がある。それを仮に『魔』と呼ぼうか……これはその者の欲望、あるいは才能の巨《おお》きさに比例して、巨きい。成功者と言われる者は皆、巨大な『魔』の持ち主なのじゃ」

謎《なぞ》かけのような鬼嶋の言葉だった。

「アイドルとて同じこと。歌や踊りや目鼻立ちだけでは、人々は熱狂などせん。すべては『魔』のなせる業《わざ》なのじゃ。いや、己の輝き一つですべての大衆を魅了し、その熱狂を支配せんとするトップアイドルと呼ばれる者達《たち》こそ、強大無比な『魔』をその裡《うち》に秘めた者共と言えよう」

鬼嶋は、沙緒里の方に向き直り、ゆっくりとそして力強く言った。

「儂は朝倉沙緒里の中に、とてつもなく巨きな『魔』を感じるのじゃよ」

沙緒里は真っ青な顔で震えている。何か邪悪な、目に見えない力が、雅紀と沙緒里を縛り付けているようだった。

恍惚《こうこつ》とした表情で、鬼嶋は続ける。

「クレオパトラ、卑弥呼《ひみこ》、楊貴妃《ようきひ》……史上絶世の美女と謳《うた》われ、男共を狂わし、時代と大衆に君臨した者達……朝倉沙緒里もそうした存在になるのじゃよ。永遠の処女性と巨大な『魔』をもって、世界中の男達の熱狂を支配する……『淫魔《いんま》』になるのじゃ」

淫魔……。

雅紀にはその言葉の意味するところは判らなかった。

誇大妄想としか思えない鬼嶋の構想が、沙緒里にどう関《かか》わってくるのか。

「これからは、この儂の力のすべてを使って、沙緒里ちゃんをバックアップするよ」

そう言って、鬼嶋は邪悪にさえ見える笑みを浮かべた。


家まで送ろうと言われ、雅紀と沙緒里は部屋を出た。

屋敷の前には黒塗りのリムジンが停《と》められていて、雅紀は助手席に、沙緒里は鬼嶋と共に後部座席に座るように指示された。

第十章　代償

乗り込む一瞬、沙緒里と目が合った。不安そうな、縋《すが》るような目だった。

助手席と後部座席の間は分厚いガラスで仕切られていた。ガラスの後部座席側にはカーテンが掛けられている。

雅紀は不吉な予感に襲われたが、車はゆっくりと走り出した。

ガラスは音まで遮断するのか、後部座席の二人の会話は、助手席の雅紀には聞こえない。

雅紀達を乗せた車は、そのまま街を抜け、湾岸沿いの道に出た。振動もほとんどなく、滑るように走り続ける。

雅紀は落ち着かなかった。後部座席に乗せられた沙緒里の身が、気が気でなかった。

その時、運転手が中央のパネルに手を伸ばし、何かのスイッチを入れた。

背後のカーテンが、ゆっくりと開かれていく。

ガラスの向こうに二人の姿が見えた。

雅紀は息を飲んだ。

後部座席のシートの上で、沙緒里はまんぐり返しの姿勢を取らされていた。

チェックのスカートがはだけ、ショーツが膝まで下ろされている。

その沙緒里の股間を、鬼嶋が覗《のぞ》き込《こ》んでいた。

「さ、沙緒里!?」

雅紀の声は、沙緒里には届いていないようだった。

沙緒里は顔を向こう側に背《そむ》け、自ら両足を抱えるようにして、全身を震わせている。

鬼嶋が片手に持ったペンライトで沙緒里の股間を照らしながら、もう一方の手で、そこを弄《なぶ》っていた。

匂《にお》いでも嗅《か》いでいるのか、触れそうなまでに顔を近づけ、しきりに舌舐めずりをしてる。

突然、スピーカーから音が流れ出した。

「うっ……くっ……ひっ……」

沙緒里の嗚咽《おえつ》だった。

鬼嶋の指先が蠢《うごめ》くたびに、沙緒里の身体がびくりと震える。

沙緒里の秘唇を丹念になぞり上げ、秘芯《ひしん》を剥《む》いた。

舌先が、露わになった可憐《かれん》な肉粒を玩《もてあそ》ぶ。

「あっ……やっ……あああっ……」

沙緒里は堪らず声を上げた。嫌悪と、官能の響きが入り混じっている。

「感じるのか？　どれ、もっと感じさせてやるぞ」

舌全体で沙緒里のクレバスを舐め上げる。

クリトリスに鼻先を押し付けながら、じゅるじゅると秘肉を啜《すす》った。

「ひあっ……あああっ！　はうぅぅっ!!」

沙緒里は激しく顔を振り、仰《の》け反《ぞ》らせる。

第十章　代償

「沙緒里！　沙緒里っ!!」

雅紀は叫びながら、狂ったようにガラスを叩《たた》いた。

「静かにして頂けませんかね」

今まで無言だった運転手が初めて口を開いた。

「いくら叫んでも後ろには聞こえませんよ」

そう言って、運転手は酷薄そうな笑みを口元に浮かべた。

「停めてくれ！　車を停めてくれ！」

「大人《おとな》しくしていた方がお二人のためですよ。お館様を怒らせるとどうなるか、あなたもご存知でしょう？」

美憂と木林達のことが脳裏に浮かんだ。

絶望と無力感に襲われ、目の前が、昏《くら》くなった。


気が付くと我が家の前だった。

運転手に曳《ひ》き出《だ》されるようにして、雅紀は車を降りた。

後部ドアから降りてきた沙緒里を見て、我に返る。

「沙緒里！」

よろける沙緒里の身体を抱き支える。

「楽しい夜だったよ、沙緒里ちゃん。最初からあれだけ反応が良いと今後が楽しみじゃ」

後部座席の鬼嶋が満足げに微笑みながら言った。

雅紀の腕の中で、沙緒里は息も絶え絶えに喘ぎ続けている。

その視点は定まらず、宙を泳いでいる。時折、痙攣《けいれん》のような震えが、その身体に走った。

汗で頬に貼《は》りついた髪の毛が、無残だった。

「それじゃ雅紀君、くれぐれも沙緒里ちゃんのことを頼んだよ」

そう言い残すと、鬼嶋は車を発進させた。

「沙緒里?」

雅紀の腕を振り払うようにして、沙緒里は玄関に向かった。

「大丈夫か、沙緒里?」

雅紀の声に、一瞬立ち止まり、そのまま階段を駆け上っていった。

雅紀は後を追った。

部屋の扉《とびら》をノックし、開けようとしたが、扉には鍵《かぎ》がかかっていた。

「沙緒里、大丈夫か? 沙緒里」

「ごめんなさい。今は誰とも話したくないの……」

部屋の中の沙緒里は、か細い声でそう言ったきり黙ってしまった。

かけるべき言葉も見つからないまま、雅紀は扉の前に立ち尽くしていた。

第十一章　焦燥

その後も三日と空けずに、鬼嶋との夜のドライブは続けられていた。

その度に、沙緒里は鬼嶋に嬲《なぶ》られ、雅紀は助手席で耐えるしかなかった。

「はうっ……あっ……ひぅっ……あんまり開かないで……下さい……」

「くくく、こうしなければ沙緒里ちゃんの大事な処女膜が見えないではないか」

言いながら、鬼嶋は沙緒里の秘唇を掻《か》き分《わ》け、その奥をペンライトで照らす。

「綺麗《きれい》じゃ……何度見ても飽きんわい」

鬼嶋はうっとりとした表情で沙緒里の膣奥《ちつおく》を覗《のぞ》き込《こ》む。

「んふう、堪らんのう」

割り開いた秘所を、分厚い舌で舐《な》め上《あ》げた。

「ああっ……あふぅ……ひゃうっ……あうっ」

目尻《めじり》に涙を滲《にじ》ませながら、沙緒里は身悶《みもだ》える。

そんな沙緒里の反応を楽しみながら、鬼嶋は丸めた舌

第十一章　焦燥

先を狭い膣口に捩《ね》じ入《い》れ、沙緒里の柔肉を舐めしゃぶっていく。

「ひうっ……あっ……あうっ……あううっ……」

鬼嶋に下半身を責められながら、沙緒里は苦しげに喘《あえ》いでいる。

「ふほほほ……感じるか、ん？　随分と良い淫声《いんせい》を上げるようになったのぉ」

鬼嶋は目を細めた。その舌先には沙緒里の胎内から湧《わ》き出《だ》した愛液が、たっぷりと絡め採られている。鬼嶋は、それを時間をかけて味わい、嚥下《えんか》する。

沙緒里は頬《ほお》を赤らめ、瞳《ひとみ》を潤ませながらそれを見上げていた。

鬼嶋の執拗《しつよう》な愛撫《あいぶ》によって、沙緒里の性感はかなり開発されていた。

沙緒里自身も気づかないうちに、媚《こ》びるような、どきりとするほど妖艶《ようえん》な表情を見せるようになった。

時折沙緒里が見せる淫靡《いんび》な目線や仕草に、雅紀は胸を掻《か》き毟《むし》られるような思いをしていた。鬼嶋によって開発されていく沙緒里の姿を見せつけられるのは、雅紀にとって拷問以外の何ものでもなかった。

「むう……儂《わし》の方が我慢ならぬわい……」

窮屈そうに身を捩《よじ》る鬼嶋の股間《こかん》が大きく膨れ上がっている。

雅紀は戦慄《せんりつ》した。

まさか、このまま沙緒里はその純潔を鬼嶋に奪われてしまうのだろうか？

その時、沙緒里が身を起した。

のろのろとした動作で、鬼嶋の股間に覆《おお》い被《かぶ》さる。

鬼嶋も、予期せぬ沙緒里の行動に驚いたように、その動作を見守っている。

沙緒里は鬼嶋の大きく張り出したズボンの上に掌《てのひら》をのせ、撫《な》で始めた。

「おっ、おっ、おおっ⁉」

鬼嶋は股間から伝わる快感に、声を上擦らせる。

沙緒里の指がジッパーを摘《つ》まみ、ゆっくりと引き降ろした。

しなやかな指先に導かれるように、鬼嶋の股間から巨大な男根が現れた。

その大きく膨れ上がった亀頭《きとう》に、沙緒里は唇を近づけた。

「おっ……おほぉぉ」

鬼嶋が感嘆の声を上げる。

沙緒里は節くれだった肉幹を擦り上げながら、亀頭を咥《くわ》え込《こ》んだ。

「んっ……ちゅっ……んむっ……」

雅紀には目の前の光景が信じられなかった。

沙緒里が、自分から鬼嶋のものを……。

「おおっ……沙緒里ちゃんや……なんという……ああっ……」

鬼嶋は嬉々《きき》として、沙緒里の奉仕に身を捩る。

第十一章　焦燥

桜色した沙緒里の唇に、赤黒い鬼嶋の剛棒が何度も吸い込まれて行く。

「ふうっ……んっ……んぐっ……んっ……」

沙緒里は喉奥《のどおく》まで深々と突き込まれる男根に苦しげな表情を浮かべながらも、一心不乱に奉仕を続けた。

鬼嶋はうっとりとした表情で沙緒里の頭に手を置き、その柔らかな髪を撫でている。

「動きはぎこちないが……それがまた儂を楽しませよるわい……」

沙緒里の舌先が、裏筋や亀頭の縊《くび》れ、鈴口を、丹念に刺激していく。

鬼嶋の呼吸が、次第に荒くなっていた。

「んふぅ……ふううっ……出すぞ、いいか？」

鬼嶋は沙緒里の頭をぐいと下腹部に押しつけた。

次の瞬間、鬼嶋の鈴口を割って、熱い奔流が迸《ほとばし》った。

「うぐっ……」

沙緒里の身体《からだ》がびくっと震えた。

「んっ……んっ……んごくっ……」

鬼嶋の精を、沙緒里は喉を鳴らして飲み込んでいく。

「おうおう、沙緒里ちゃんや……無理をしてはいかんぞ」

「んっ……んっく……んはぁ……」

沙緒里は飲み干した。

「おほぉぉ……儂のものを……全部飲んでくれたんじゃな……？」

鬼嶋は感極まった様子で、呻《うめ》いた。


その後の鬼嶋のはしゃぎぶりは普通ではなかった。

沙緒里は無気力な視線を窓外に向けたまま、無言でシートに凭《もた》れている。

雅紀は目の前で起った光景が信じられなかった。

沙緒里が、鬼嶋の醜怪な陰茎《いんけい》を自ら口に含み、射精され、それを飲み干した。

呆然《ぼうぜん》と、目撃してしまった光景の意味を、考えていた。


「今宵《こよい》はとても良かったよ、沙緒里ちゃん」

家の前に停《と》まった車内で、鬼嶋は名残《なご》り惜《お》しそうに沙緒里の頬に唇を近づけた。

すっと身を躱《かわ》し、沙緒里は車外に出る。

それは今まで見たことのない光景のような気がした。

「ん、んんっ……それじゃ雅紀君、沙緒里ちゃんのことをよろしく頼むよ」

鬼嶋は、気まずそうにそう言って、車を発進させた。

「沙緒里？」

ふと我に返り、沙緒里の姿を探すと、沙緒里は夢遊病者のような足取りで、玄関に入って行くところだった。

雅紀は慌てて沙緒里の後を追った。

第十一章　焦燥

玄関に入ると沙緒里の姿は無かった。

まだ絵美子も帰っていないようで、家の中はしんと静まっている。

「沙緒里？」

くぐもった呻き声がトイレの方から聞こえた。

トイレの扉《とびら》を開けると、沙緒里は便座に凭れ掛かるように蹲《うずくま》っていた。

「沙緒里！　大丈夫か、沙緒里⁉」

雅紀は慌てて灯《あか》りを点《つ》けようとした。

「電気を点けないで……ううっ」

沙緒里が小さな声で呻き、そして激しく嘔吐《おうと》した。

胃液と共に吐き出されたのは、どろりとした鬼嶋の精液だった。

「大丈夫か？　沙緒里？」

雅紀は沙緒里の背中を擦《こす》る。

「うぅぅ……うぐっ……」

涙を流しながら、沙緒里は吐き続けた。

沙緒里は決して自ら喜んで鬼嶋の精を受け入れたわけではなかったのだ。

沙緒里の、震える小さな背中を撫でながら、涙が滲んできた。


「ごめんね、お兄ちゃん」

沙緒里が力なく微笑《ほほえ》んで、言った。

吐瀉物《としゃぶつ》を洗い流すためにシャワーを浴び、パジャマに着替えて、今は温かなベッドに横たわっている。

蛍光灯の下の沙緒里の顔は青白く、いくらかやつれているようだった。

布団の中から差し出された沙緒里の手を、雅紀はそっと握った。

「お兄ちゃん……沙緒里のこと嫌いになっちゃった？」

「なに言ってるんだよ。沙緒里のことを嫌いになるわけないじゃないか」

「良かった……あんなことして……お兄ちゃんに嫌われちゃったんじゃないかって……そ

れだけが心配だったの」

「大丈夫だから、安心しておやすみ」

沙緒里はほっとしたように微笑み、ゆっくりと目を閉じた。

自分の部屋に戻った途端、雅紀は猛烈な疲労感を覚え、ベッドに倒れ込んだ。

こんなことなら、沙緒里とお互いの気持ちが通じ合ったあの時に、沙緒里の処女を奪ってしまえば良かった。

トップアイドルへの道は閉ざされるかも知れない。しかしそれは鬼嶋によって用意された道だ。

鬼嶋の力を頼らずとも、沙緒里のトップアイドルへの道を作ってやることは出来るのではないだろうか？

沙緒里ほどの才能があれば……何ものも怖《おそ》れず、沙緒里のために身命を投げ出す覚悟があれば……。

さまざまな想《おも》いが、雅紀の中で一つの決意として凝結しつつあった。

「お疲れさま」

由奈と恵里佳がテレビ局の控え室を出て行く。

「遅くなっちゃったぁ。ごめんね、お兄ちゃん」

由奈達《たち》と入れ替わりに、沙緒里が控え室に入ってきた。私服を抱えて更衣室に入る。

頃合《ころあい》を見計らって、雅紀は更衣室のカーテンをさっと開いた。

「きゃっ！　やだ……どうしたの、お兄ちゃん？」

沙緒里が驚きの声を上げた。脱ぎかけのステージ衣装で胸元を隠している。

「もう、閉めてよぉ。これじゃ着替えられないよぉ」

困ったような顔で、頬を赤らめる沙緒里。

更衣室の中には、ほのかに汗と化粧品《けしょうひん》の匂《にお》いが籠《こ》もっている。その甘い香りに、雅紀は頭の奥が痺《しび》れてくるような気がした。

沙緒里の桜色した唇に、雅紀の視線は釘付けられていた。

この唇で、鬼嶋の巨大なものを……。

込み上げてくる気持ちを、抑《おさ》え切《き》れなかった。沙緒里を抱きしめ、荒々しく唇を求める。

「お兄ちゃん？　……んっ」

戸惑いながらも、沙緒里は抵抗しなかった。

瞼《まぶた》を閉じ、キスに応じる。

雅紀は貪るように沙緒里の唇を吸い、舐める。

「ん……痛いよぉ……」

第十一章　焦燥

強く抱きしめられて、沙緒里が呻いた。

沙緒里の背中に回していた雅紀の掌が、二つの丘を撫で上げ、さらにその股間に向かう。

「駄目だよ……お兄ちゃん……こんな所で……あっ、だめ！　それ以上はだめぇ！」

雅紀の指先が触れた瞬間、沙緒里はびくんと身体を震わせ、いやいやと首を振った。

「どうして駄目なんだ……鬼嶋なら良くて、俺《おれ》じゃ駄目なのか？」

「そんな……どうしたの？　今日のお兄ちゃん、なんだか変だよ」

雅紀の腕の中で、沙緒里が身を捩る。

沙緒里の身体を逃がすまいと、雅紀は両腕に力を込める。

「俺はもう耐えられないんだ。鬼嶋のものになるくらいならいっそ俺が……」

胸元を押さえた沙緒里の腕を払《はら》い除《の》けて、雅紀はそこに顔を埋めた。

片手をショーツの中に滑り込ませる。

そこはもう熱く濡れていた。

「沙緒里だって感じてるんじゃないか……」

沙緒里の身体が反応していることに嬉《うれ》しくなりながら、雅紀は秘所に這《は》わせた指先を淫《みだ》らに動かす。

「はうっ……あうっ……あううっ」

沙緒里は涙を浮かべながら、かぶりを振る。

「だめだよ、お兄ちゃん。こんなことが鬼嶋さんにばれちゃったら……みんな大変なことになっちゃう……」

「大丈夫だよ、沙緒里。鬼嶋の手の届かない所で俺達二人でやり直そう」

「美憂ちゃんのことを忘れたの？　みんながあんな風にされちゃったら……嫌だよ……」

沙緒里の目尻から、大粒の涙が零《こぼ》れた。

その涙に、雅紀は我に返った。

不安のままに沙緒里を奪うことは、何の解決にもならないのだ。

「……ごめんよ、沙緒里。俺、どうかしていたよ……」

「お兄ちゃん……」

「一番苦しんでいるのは沙緒里なのに……俺は自分のことばっかり考えて……」

雅紀はその場に崩れ折れるように、膝《ひざ》をついた。

その雅紀の頭を、沙緒里は胸に抱きしめた。

「そんなことないよ。お兄ちゃんはいつも沙緒里のことを考えてくれてるもん。沙緒里はとっても嬉しいんだよ」

そう言いながら沙緒里は、雅紀の頭をゆっくりと撫でる。

沙緒里の温かな体温を感じ、急速に満たされて行くのを感じた。

「いろいろと大変だけど、かんばろうよ。私《わたし》、負けないよ」

沙緒里は優しく微笑みかけてくる。

「こんなことなら……あの時、お兄ちゃんにあげておけば良かったね」

雅紀の髪を撫でながら、沙緒里が小さく呟《つぶや》いた。

「控え室で私が泣いた時……お兄ちゃんが慰めてくれたあの時、……恥ずかしがらないでお兄ちゃんに……やだ、私、なにを言ってるんだろ」

沙緒里は頬を含羞《がんしゅう》に染めて、俯《うつむ》いた。

「いいよ。沙緒里のその気持ちだけで十分だよ」

「……大丈夫だよ、お兄ちゃん。沙緒里に任せておいて」

沙緒里はなにかを決心したように、一人頷《うなず》いた。

「あなた達、一体何をしてるの⁉」

突然の声に、雅紀と沙緒里はその方を振り向いた。

控え室の入り口で絵美子が立《た》ち竦《すく》んでいた。顔面蒼白《そうはく》で、唇をわなわなと震わせている。

「あなた……沙緒里に何をしてるのよ……？」

「え？　こ、これは……」

「沙緒里は大事な身体なのよ。あなただって判《わか》っているでしょ⁉　それなのに……」

「お兄ちゃんは何もしていないわ！」

着替えを済ませた沙緒里が、遮るように絵美子の前に立った。

「で、でも、あなた達……抱き合っていたじゃないの」

「それがどうしたって言うの？」

沙緒里の毅然《きぜん》とした態度に絵美子は圧倒されていた。

「こんなことが鬼嶋さんに知られてしまったら……」

「ママが心配するようなことは何もしていないわ」

そう言うと、沙緒里は机の上の鞄《かばん》を取り、絵美子の横をすり抜けた。

「心配しなくていいのよ、ママ。私ちゃんと上手《うま》くやるから」

戸口でそれだけのことを言い、沙緒里は控え室を出て行った。

後には呆然と立ち尽くす絵美子と雅紀が取り残されていた。

第十一章　焦燥

翌日、雅紀は絵美子に呼び出され、社長室へと向かった。

社長室には絵美子と、沙緒里の親友、酒井菜恵がいた。

「雅紀さん、あなたには今日からこの子の面倒を見てもらうわ」

「よろしくお願いします」

そう言って菜恵は、ぺこりとお辞儀をした。

「今度うちからデビューするの。雅紀さんには菜恵のマネージャーを務めてもらいます。トゥインクルには別の者をつけるわ」

「ど、どういうことですか？」

「理由は判っているでしょう？」

一瞬、絵美子の冷たい視線が雅紀を射た。

「それと、沙緒里はマンションに住まわせることにしたわ。なにか起きてからじゃ遅いでしょ？」

すべては鬼嶋の差し金だろうか？　あるいは、鬼嶋を気遣った絵美子の独断かも知れなかったが、いずれにせよ、雅紀と沙緒里を引き離すのが目的であることに違いはなかった。

雅紀は目の前が真っ暗になった気がした。

「用件はそれだけよ。私は出掛けるから、今後のことについて菜恵と打ち合わせて頂戴《ちょうだい》」

絵美子が出て行った後、社長室には菜恵と雅紀が残された。

「あ、あの……ごめんなさい」

菜恵は心配そうな目で雅紀を見つめている。

「君のせいじゃないよ」

そう言いながらも、雅紀は考えがまとまらなかった。

一体、どうすればいいのだろう。

沙緒里は、どうなってしまうのか。

言いようのない喪失感と、焦燥感《しょうそうかん》が、雅紀を苛《さいな》んでいた。

第十二章　菜恵

菜恵のマネージャーとして、雅紀は忙しくなった。

トゥインクルに続く朝倉プロの新人アイドルということで、雅紀の予想以上に菜恵は注目を集めた。

もともと内気なところのある菜恵だったが、慣れない人間関係の中で、健気《けなげ》に明るく振舞っている。

しかし、雅紀の気持ちは、日々荒《すさ》むばかりだった。

沙緒里と会えない日々が続いていた。

何をしていても、沙緒里のことが頭に浮かぶ。

スタジオに入っても、無意識に沙緒里の姿を探している自分に気がつき、雅紀は暗い気持ちになった。

沙緒里はどうしているのだろう。

何もできず、ただ漠然と過ぎていく日々に、雅紀の苛立《いらだ》ちは募るばかりだった。


「大分遅くなっちゃったね。タクシーで送って行くよ」

「ありがとうございます。それじゃ帰る支度してきます」

そう言って応接室を出て行く菜恵を見送って、雅紀はソファに腰を下ろした。

「ふう」

第十二章　菜恵

溜息《ためいき》が漏れる。

忙しさに追われている間は、それでも気持ちが楽だった。

それが途切れた時に、いつも沙緒里のことを想《おも》ってしまう。

この仕事を続けていれば、沙緒里に会う機会があるものとばかり思っていた。

今もそう信じて、自分を励ます雅紀だったが、本当に会えるだろうか？という疑念が、雅紀を苛《さいな》む。

沙緒里に会いたかった。会って、抱きしめたかった。

沙緒里に会って、どうするのだろう？　何が変わるというのか。

それでも、沙緒里に会わないでは、一歩も前に進めない。そんな気がしていた。

「遅くまでがんばっているみたいね」

応接室に絵美子が入ってきた。

「なんの用ですか？」

雅紀は顔を背《そむ》けて、訊《たず》ねた。

こうなった原因が絵美子一人のせいではないと頭では判《わか》っていても、どうしても態度が硬くなってしまう。

「苛ついているわね。溜《た》まってるのかしら？」

淫《みだ》らな響きのこもった絵美子の声に、雅紀は嫌悪すら感じてしまう。

雅紀は無言のままでいた。

「沙緒里はもう吹っ切れたみたいよ。なんだか体つきも表情も急に女らしくなって……沙緒里のことは鬼嶋さんに任せて、あなたは何も心配することはないのよ」

それだけ言うと、絵美子は応接室を出て行った。

入れ替わるように菜恵が戻ってくる。

「お待たせしま……」

菜恵は入り口で立《た》ち竦《すく》んだ。

雅紀は顔を背けたまま、込み上げてくる憤りに、全身を震わせていた。

その痛々しい姿を、菜恵はただ見守るしかなかった。


日々が過ぎていく。

一見忙しそうな毎日だったが、雅紀にとっては、無味乾燥な、虚《うつ》ろな日々だった。

その日は、羽家沢の美容室で菜恵の衣装合わせだった。

一息ついたところで、羽家沢は雅紀に椅子《いす》を薦め、自分も腰かけた。

「沙緒里ちゃんと会ってないんだって？　菜恵ちゃんが心配してたよ」

「はい……」

「大分噂《うわさ》になってるよ。アイドルの義妹に手を出したマネージャーの義兄ってな。まぁ、噂なんてのはいろんな尾鰭《おひれ》が付くものだから……」

「その噂は間違ってませんよ」

雅紀は自嘲《じちょう》気味に笑った。

「そうか……沙緒里ちゃんはかんばってるぞ。鬼嶋のバックアップがあるとは言え、やっぱり才能だろうな。蛹《さなぎ》が蝶《ちょう》になるって表現が今の彼女の成長ぶりにはぴったりだよ」

ＴＶや雑誌で沙緒里を見ない日はなかった。もちろんトゥインクルの一員としての朝倉沙緒里だったが、最近の沙緒里の人気はトゥインクルというブランドを離れて、一人歩きし出しているようにさえ思える。

ブラウン管や紙面で見る沙緒里は、雅紀には遠い存在のように思えた。

雅紀の知っている沙緒里とは、どこか違う気がするのだ。

「沙緒里ちゃんから伝言を預かっているよ」

「え？」

思いがけない羽家沢の言葉に、雅紀はどきりとした。

沙緒里からの伝言。

それは雅紀の胸に、しばらく忘れていたときめきを、蘇《よみがえ》らせた。

「信じて見守っていて欲しいってさ。無茶なことはしないで、とも言ってたな」

信じて、見守っていて。

雅紀はその短い言葉を、胸の中で繰り返した。

沙緒里……。

涙が、溢《あふ》れた。

「おい、大丈夫か？」

心配そうに、羽家沢が言った。

「え？　ええ、大丈夫です。ありがとうございました」

慌てて涙を拭《ふ》いて、照れ臭そうに笑った。

「今の君がするべきは、沙緒里ちゃんを信じて、見守ること、だ。かんばれよ」

「はい……」

信じて見守る。

雅紀はもう一度、噛《か》み締《し》めた。


「今度うちの所属アイドル達《たち》でミニコンサートを行うことになったわ」

朝倉プロの社長室で、絵美子が言った。

「菜恵も出れるんですか？」

「もちろんよ。菜恵のプロモーションとしても重要なイベントだから、気を抜かないでね」

「はい」

一時期の沈んだ気持ちを脱して、雅紀は活《い》き活《い》きと仕事に取り組んでいた。

何かが吹っ切れた、そんな様子だった。

絵美子も、そんな雅紀に、以前にも増して大きな信頼を寄せるようになっている。

「あの……トゥインクルも出るんですか？」

菜恵が訊ねた。

「もちろんよ。トゥインクルも参加するわ」

一瞬、躊躇《ためら》うような視線を雅紀の方に向けて、絵美子が応《こた》えた。


「雅紀さん、嬉《うれ》しそうですね」

社長室を出て、菜恵が言った。

「そういう菜恵ちゃんだって、嬉しそうじゃないか」

本当に、菜恵は嬉しそうだった。

このところの忙しさで、菜恵も沙緒里とは随分長く会っていないようだった。

「雅紀さんが嬉しそうだから……」

菜恵の呟《つぶや》きは、雅紀には良く聞き取れなかった。

「菜恵ちゃんにとっては初めての大舞台だな。がんばろうな」

そう言って微笑《ほほえ》む雅紀に、菜恵は黙って頷《うなず》き返した。

優しい、そしてどこか哀《かな》しげな目で、雅紀の横顔を見つめていた。


ミニコンサートの日が来た。

会場には朝早くから続々とファンが詰め掛け、客席のほとんどが埋まった今も、入り口にはまだ長蛇の列が続いている。

トゥインクルの人気ぶりが窺《うかが》える光景だった。

ステージの袖《そで》に、緊張した面持ちで出番を待っている菜恵を見つけた。

「雅紀さん」

雅紀を見て、菜恵が泣き出しそうな顔をした。

「リラックス、リラックス。いつも通りに歌えばいいんだよ」

「私《わたし》……緊張しちゃって……」

不安そうな菜恵を見て、雅紀はふと沙緒里と初めて出会った時のことを思い出した。

あの時は、沙緒里もこんな不安そうな眼《め》をしていたっけ。

「大丈夫。菜恵ちゃんならできるさ」

「雅紀さん……」

コンサートが始まった。

デビューしたばかりの菜恵は、出番が早い。

「さ、行っておいで」

「はい！」

力強く頷いて、菜恵はステージに飛び出して行った。

会場を、大きな歓声が包んだ。


コンサートは順調に進行している。

菜恵は無事に予定の曲数を歌い終わり、ステージを降りていた。

もうすぐトゥインクルの出番だ。

雅紀も沙緒里達のステージを見たかったが、雑務やスタッフへの指示出しに追われ、手が離せなかった。

「ここまでは順調ね」

絵美子だった。

「菜恵のステージもなかなかの盛り上がりだったわ。最近ファンも付いてきたみたいだし、いい感じじゃない？」

「沙緒里に比べたらまだまだですよ」

「あの子は特別よ。あの子と比べられたら、皆萎縮《いしゅく》してしまうわ」

その時、突然ステージの方から叫び声が聞こえた。

「なに？　なにが起きたの？」

絵美子の顔色が変わる。

「ステージに行ってみましょう」

雅紀も駆け出していた。

第十二章　菜恵

コンサート会場は騒然としていた。

ステージの上では、沙緒里達トゥインクルのメンバーが互いに寄り添うようにして立ち竦んでいた。

スポットライトに照らされたステージ中央に、落下した照明機材の破片が散乱し、少女が倒れていた。菜恵だった。

「幕を降ろして！　コンサートは中止よ！」

絵美子の指示でスタッフが走っていく。

「一体何があったんだ⁉」

雅紀の問いに、沙緒里が震えた声で応えた。

「いきなりライトが落ちてきて……菜恵ちゃんが……」

雅紀は菜恵に駆け寄った。

菜恵の周囲にはガラス片が飛び散り、その中の一片で切ったのか、菜恵の額から一筋の血が流れていた。

「菜恵ちゃん！　大丈夫か⁉」

「動かさない方がいいわ。今、救急車を呼んだから」

菜恵を抱き起こそうとした雅紀を絵美子が制止した。

「菜恵ちゃんが……私をかばってくれたの……私を……」

沙緒里は震えながら、雅紀にしがみついてきた。

雅紀は震え続ける沙緒里の身体《からだ》を抱き支えながら、目の前の光景をただ眺め続けるしかなかった。


菜恵は救急車で近くの総合病院に運ばれた。

精密検査の結果、軽い打ち身と切り傷で全治二週間の怪我《けが》と診断された。

大事をとって数日は入院することになったが、特に後遺症の心配などもなく、雅紀達はほっと胸を撫《な》で下《お》ろした。

「入るよ」

病室に入ると、菜恵はベッドの上に起き上がっていた。

雅紀を見て微笑む。絆創膏《ばんそうこう》や、内出血の後が痛々しかった。

「傷は痛む？」

「いえ、大丈夫です。そんな大した怪我じゃないんですよ？　もういつでも退院できます」

「そうか。元気そうで安心したよ」

「さっき沙緒里が来てたんですよ？　なんか、久しぶりに話せて……嬉しかったな」

「……沙緒里を助けてくれて、ありがとうな」

「そんな……」

菜恵は頬《ほお》をほんのりと赤く染めて、俯《うつむ》いた。

雅紀はそんな菜恵の横顔をじっと見つめていた。

舞台袖からステージを見ていた菜恵は、金具が外れて落ちかけた照明機材に一早く気づき、身を挺《てい》して沙緒里を守ってくれたのだった。一歩間違えれば、菜恵自身、どんな酷《ひど》い怪我を負っていたか知れない、文字通り捨て身の行動だった。

「私……あの時はもう夢中で……沙緒里に怪我はなかったんですよね？」

「ああ、菜恵ちゃんのおかげだよ」

「良かった……」

胸を撫で下ろすようにして、菜恵は言った。

「沙緒里がトップアイドルになるの……私にとっても夢なんです」

穏やかな、静かな声で話す菜恵の言葉に、雅紀は黙って耳を傾けた。

「ステージの上の沙緒里……素敵だったな……」

菜恵の呟きに、雅紀はあらためて思うものがあった。

沙緒里の成功を望んでいる大勢の人達がいる。自分が、絵美子が、菜恵が、そしておそらくは泰蔵も……沢山《たくさん》の人々、大勢のファン達が、沙緒里の成功を夢見ている。

そうした願いや、祈りや、想いが、沙緒里を一層輝かせているのかも知れない。

「雅紀さん……」

「なに?」

呼ばれて、雅紀は菜恵を見た。

「こんな時に言うのは卑怯《ひきょう》かも知れません……でも、言わせて下さい」

真剣な眼差《まなざ》しが、雅紀を真正面からみつめていた。

「私、雅紀さんのことが好きです」

ずきんと胸が痛んだ。

「初めて会った時から、ずっとずっと好きでした……」

菜恵は毛布の端をぎゅっと握り締めながら、話し続ける。

「雅紀さんが沙緒里のことを好きなの……知ってます。沙緒里が雅紀さんのことを好きなのも知ってます」

そうだった。

菜恵は、ずっと雅紀と沙緒里の側《そば》で、二人を見守ってくれていたのだ。

二人の気持ちを知っている者がいるとすれば、それは菜恵以外にはありえなかった。

「私なんか入り込める余地がなくて……でも、それでも良かったんです。私、何にもできないから……せめて二人の側で……力になりたかったんです……」

いつしか菜恵は涙声になっていた。

「雅紀さん……一つだけ、私の我侭《わがまま》を聞いてもらえませんか？」

菜恵の目尻《めじり》に、今にも零《こぼ》れ落ちそうな、涙が浮かんでいた。

「今夜だけ……ううん、今だけでいいから……沙緒里のことを忘れて……私の恋人になってください」

涙に潤んだ瞳《ひとみ》で、じっと雅紀を見つめていた。

その瞳は、何度も見たことのある、瞳だった。

思えば、いつも菜恵は、こんな瞳で雅紀を見つめていた。

いつから、辛《つら》い想いに胸を焦がし続けていたのだろう。

「菜恵ちゃん……」

菜恵が、瞼《まぶた》を閉じた。

柔らかな唇を捧《ささ》げるように、わずかに顎《あご》を上げて、雅紀を待っている。

雅紀は菜恵の細い肩に手を置いた。

びくっと、菜恵の身体が震える。

そっと唇を近づけ、キスした。

「菜恵ちゃん、俺《おれ》……」

しばらくの無言があって、雅紀が口を開いた。

その雅紀の唇を、菜恵の人差し指がそっと押さえた。

「ううん……いいんです。今までずっともやもやしてて……でも、なんだかすっきりしました。沙緒里を幸せにしてあげて下さいね。私、応援しますから」

そう言って菜恵は微笑んだ。

優しくて、哀しい、あの瞳だった。

「なんだか眠くなっちゃいました。眠っていいですか?」

「うん、おやすみ」

雅紀は菜恵の前髪を撫で上げ、おでこにそっとキスをした。

廊下に出ると、病室から菜恵の嗚咽《おえつ》が漏れてきた。

雅紀は、何も言わず、立ち去った。

第十三章　沙緒里

沙緒里達《たち》トゥインクルは、その年の新人賞を総舐《そうな》めにしていた。

鬼嶋がバックについているということもあったが、誰《だれ》の目から見ても沙緒里達の歌や踊りは、他の新人達よりも数段秀《ひい》でていた。

そして今日開かれた有明《ありあけ》大歌謡祭においても、トゥインクルは新人賞と大賞を受賞した。

名実共に、沙緒里はトップアイドルの一員となったのだった。

歌謡祭の興奮冷めやらぬまま、盛大な打ち上げパーティーが鬼嶋の屋敷で催されていた。

屋敷の大広間に、大勢の業界関係者やアイドル達が、それぞれ着飾って集《つど》っていた。

その顔ぶれの豪華さに、芸能界における鬼嶋の影響力の大きさが窺《うかが》い知れた。

雅紀も、会場にいた。

雅紀は沙緒里がトップアイドルになった嬉《うれ》しさと共に、激しい不安を感じていた。

鬼嶋が言っていたことを思い出す。

沙緒里には時代と大衆に君臨する存在になってもらう……。

確かにトゥインクルの躍進の原動力となっていたのは沙緒里の存在だった。

あどけなさの中に時折覗《のぞ》く妖艶《ようえん》さ……無垢《むく》でありながら魔を感じさせる一瞬。

たった一人の少女に、日本中の男達が魅せられたのだ。

まさに鬼嶋の言葉通り、今の沙緒里は時代と大衆の上に君臨した「スター」だった。

芸能界の頂点に、沙緒里は立ったのだ。

第十三章　沙緒里

しかし……その後に待っているものは……？
大勢の人々が笑いさざめく大広間に、雅紀は沙緒里の姿を探した。
どこにも見当たらなかった。気がつけば鬼嶋の姿もない。
雅紀の胸中に、不安が募る。
二人の姿を求めて、雅紀は廊下へと出た。
大広間の賑《にぎ》やかさが次第に遠ざかって行く。
一体どこにいるんだ……。
こうしている間にも沙緒里は鬼嶋の毒牙《どくが》にかかっているのではないか？
この盛大な宴が、沙緒里の処女が鬼嶋に捧《ささ》げられる祝宴であるかのように思えた。
「雅紀君」
背後からの声に驚いて振り向くと、羽家沢が立っていた。
「羽家沢さん……」
「沙緒里ちゃんを探しているんだろ？」
そう言って、羽家沢は屋敷の奥に向かって歩き出す。
着いて来いということなのか？
雅紀は慌てて、羽家沢の後に続いた。
迷路のような屋敷内を歩き続け、ようやく一つの扉《とびら》の前で立ち止まった。

「この中に、沙緒里ちゃんと鬼嶋がいる」

「やっぱり鬼嶋も一緒にいるんですか！」

心臓の鼓動が激しくなる。

扉を開こうとした雅紀の手を、羽家沢はそっと押さえた。

「いつだったか君に伝えた沙緒里ちゃんからの伝言を、覚えているかい？」

「え？　……信じて、見守って……ですか？」

問いかけの意味が判《わか》らず、雅紀は羽家沢を見た。

「彼女は君が知っている沙緒里ちゃんではないかも知れない。しかし、まぎれもなく君を愛している沙緒里ちゃんだ。彼女を、信じられるね？」

羽家沢の言葉の意味が雅紀には判らなかった。ただ、一刻も早く沙緒里に会いたかった。

「はい」

今日まで、信じて、見守ってきた。これからも、それは変わらない。

雅紀は力強く頷《うなず》いた。

「……君達が幸せになることを、信じているよ」

羽家沢に促され、雅紀は扉を開いた。

薄暗い室内に人影が見える。

第十三章　沙緒里

制服姿の沙緒里と鬼嶋だった。

「ほら、どうしたの？　さっさとイキなさいよ！」

「あぁ……はぁぁ……はあぁ……あはあぁぁ……」

罵《ののし》るような沙緒里の声と、鬼嶋の荒い息遣いが聞こえた。

鬼嶋は床に這《は》いつくばっていた。後ろ手に手錠《てじょう》を掛けられている。

その傍らに、沙緒里が立っていた。

沙緒里の足が小刻みに動き、それに反応するように鬼嶋が喘《あえ》ぐ。

目を凝らすと、沙緒里の爪先《つまさき》は鬼嶋の巨大なペニスを踏みつけていた。

「どうしようもない変態ね。こんなにしないとイケないなんて……ふん、笑わせるわ」

「わ、儂《わし》は変態ですじゃ……沙緒里様の脚でなければイケない老いぼれですじゃぁ……」

だらしなく開かれた鬼嶋の口端から、だらだらと唾液《だえき》が滴っている。

「あうう……後生ですじゃ……このまま沙緒里様のおみ足でイカせてくださいまし……」

熱にうなされたような表情で、鬼嶋が哀願する。

「ふん、豚《ぶた》の癖に贅沢《ぜいたく》なこと……今日は特別だよ。おイキッ！」

憎々しげにそう言うと、沙緒里は力いっぱい踏《ふ》み躙《にじ》った。

「はぐぅっ！　あひっ……あひぃぃぃぃぃっ」

鬼嶋の身体《からだ》が大きく痙攣《けいれん》し、次の瞬間、巨大なペニスの先端から汚液が噴き出した。

迸《ほとばし》った大量のザーメンが、沙緒里の脚を汚していく。

「あひぃ……あひっ……はひぃぃぃ……」

鬼嶋は身を捩《よじ》りながら、恍惚《こうこつ》の表情を浮かべている。

沙緒里は椅子《いす》に腰掛け、汚れた足を鬼嶋の方に突き出した。

「お前の舌で綺麗《きれい》におし」

鬼嶋は身を屈《かが》めて、沙緒里の足を舐め始めた。己の放った汚液の飛沫《しぶき》を、自らの舌先で舐め取っていく。

「ああっ……はぁぁぁっ……あふぅぅぅ……」

そうしながらも、明らかな官能の喘ぎを洩《も》らしている。

「もういいわ。下手糞《へたくそ》っ」

沙緒里は椅子から立ち上がり、鬼嶋の鳩尾《みぞおち》を蹴《け》り上げた。

「ふぐぉぉぉ」

鬼嶋が悶絶《もんぜつ》して、床に倒れ込んだ。しかし、その表情には歓喜の色を浮かべている。

沙緒里が傍らのベルを鳴らすと、部屋の奥から屈強な男達が現われ、ぐったりとした鬼嶋の身体を運び出して行った。

入れ替わりに入ってきたメイドが、沙緒里の前に跪《ひざまず》き、先程鬼嶋が執拗《しつよう》に舐めていた足先を、おしぼりで丹念に拭《ふ》き上げる。

第十三章　沙緒里

「ご苦労様」

沙緒里が鷹揚《おうよう》に言うと、メイドは一礼して部屋を出て行った。

雅紀には目の前の光景が信じられなかった。

一体、何がどうなっているのか。

「沙緒里……なのか？」

雅紀は恐る恐る声をかけた。

「お兄ちゃん、待ってたよ」

そう言って微笑《ほほえ》んだ少女は、雅紀の知っている沙緒里だった。

「驚いた？」

沙緒里は上目遣いに赤面する。

「こんな所、お兄ちゃんに見られたくなかったんだけどな」

「さっきのは……鬼嶋だよな？」

「うん、そうだよ……今じゃすっかり、私《わたし》の言いなりなの」

沙緒里は、くすっと微笑んだ。

にわかには信じられなかった。

呆然《ぼうぜん》と立ち尽くしている雅紀に、沙緒里が言った。

「お兄ちゃん、こんな沙緒里……嫌いになっちゃった？」

その不安そうな声は、間違いなく沙緒里のものだった。

沙緒里……沙緒里！……沙緒里!!

雅紀の胸に、熱いものが込み上げてきた。

沙緒里が、今、目の前にいる。

「そんなわけない……沙緒里のことを嫌いになるわけないよ」

雅紀は沙緒里を抱きしめた。

「お兄ちゃん……温かい……」

沙緒里も雅紀の身体に腕を回した。

互いの温《ぬく》もりを確かめ合うような抱擁だった。

「やっと、沙緒里を抱きしめることができたよ……」

「うん……やっと抱きしめてもらえた……」

「もういいんだよな？」

「うん……もういいんだよ」

いろいろなことを乗り越えて、ようやく誰に憚《はばか》ることもなく、沙緒里をその腕に抱きしめている。

もう二度と離すまいと、雅紀は両腕に力を込めた。

第十三章　沙緒里

「お兄ちゃん……しよ……？」

沙緒里が震える声で囁《ささや》いた。

潤んだ瞳《ひとみ》で、雅紀を見上げていた。

「沙緒里、まだ処女だよ……お兄ちゃんにあげるために……ずっと守ってたんだよ……」

「沙緒里……」

湧《わ》き上《あ》がってくる熱情を、抑《おさ》える理由は何もなかった。

ずっと、望んでいたものが、今腕の中にある。

雅紀はゆっくりと、沙緒里の身体を床に倒した。

制服のボタンを外し、ブラウスを脱がした。

その行為自体が愛撫《あいぶ》であるかのように、優しく、ゆっくりと、衣服を脱がしていく。

やがて、沙緒里の美しい裸体が、露《あら》わになった。

「お兄ちゃん……」

沙緒里が、両手差し伸ばして、雅紀を求めた。

覆《おお》い被《かぶ》さるようにして、その胸に顔を埋める。

本能の命ずるままに、沙緒里の乳房を、乳首を、舐めた。

硬く張り詰めた乳首を口に含み、強く吸い上げた。

その途端に沙緒里は、感電したようにビクンと体を反らせる。

「あっ……ひゃうぅ……」

沙緒里が、身を捩る。

その存在を確かめるかのように、全身を撫《な》でていた雅紀の掌《てのひら》が、ついに沙緒里の大事な部分に辿《たど》り着《つ》いた。

そっと、触れた。

「ああっ」

びくっと、沙緒里の全身が震えた。

濡れていた。

雅紀は沙緒里の足の間に、身体を入れた。

沙緒里が、羞恥《しゅうち》に全身を染めて、両手で顔を隠している。

閉じられている膝小僧《ひざこぞう》に掌を乗せて、左右に開いた。

「恥ずかしい……」

沙緒里の消え入りそうな声が聞こえた。

淡い茂みの下に、桜色の秘裂が、綻《ほころ》んでいた。

密《ひそ》やかに息づく花弁が、蜜《みつ》にきらきらと濡れている。

「とても綺麗だ……」

雅紀の感嘆が、沙緒里の羞恥を一層煽《あお》った。

第十三章　沙緒里

「やだぁ……あんまり見ないで……」

ふるふると、かぶりを振る。

顔を覆っていた両手を、恐る恐る差し伸べて、

「もう……きて……？」

耐えられないといった表情で、沙緒里が言った。

雅紀の股間《こかん》も、痛いくらいに屹立《きつりつ》していた。

先端を、沙緒里の花弁にあてた。

沙緒里の身体を、震えが走る。

触れ合ったその部分が、熱かった。

沙緒里の蜜が、雅紀の先端を濡らした。

「いくよ……？」

掠《かす》れた声で言って、雅紀は少しずつ腰を押し出していく。

先端が、沙緒里の秘裂を押し分けて、潜り込んだ。

「ううっ……んんっ」

沙緒里が、呻《うめ》いた。

ぐっと、腰に力を込めた。

沙緒里の奥の方で、わずかな抵抗があった。

貫いた。
「はううぅっ！」
一際《ひときわ》高い声を放って、沙緒里は大きく仰《の》け反《ぞ》った。
沙緒里の全身に緊張が走り、雅紀の両肩を掴《つか》んでいた手に、力がこもる。
掻《か》き寄《よ》せるようにして、雅紀の身体にしがみついた。
繋《つな》がったまま、抱き締め合った。
深い一体感が二人を包み込んでいた。

エピローグ

その後、鬼嶋の芸能界における力は、目に見えて衰えていった。

鬼嶋グループ自体は、業界最大の勢力として依然大きな影響力を持ち続けていたが、鬼嶋本人の影は、ある時期を境に形を潜めたような格好だった。

それに前後して、朝倉プロダクションが著しく勢力を伸張し、今や鬼嶋グループの中核的存在となりつつあった。

トゥインクルの人気によるところも大きかったが、なによりも、インターネットを利用した音楽配信事業への進出が最大の要因だった。

暴挙とまで言われたプロジェクトだったが、泰蔵が遺《のこ》した事業プランは周到かつ緻密《ちみつ》なもので、大方の予想を裏切って、奇跡的な成功を収めつつあった。絵美子の英断もあったが、沙緒里を介して供出された鬼嶋の資金力も、成功の大きな一因だった。

それまで一中堅プロダクションに過ぎなかった朝倉プロを中心として興った業界の一大変革は、まさに「革命」だった。


初夏の昼下がり、雅紀と沙緒里は高台にある泰蔵の墓前を見舞った。

墓前に合わせていた手を降ろして、沙緒里が呟《つぶや》いた。

「パパ……喜んでくれてるかなぁ？」

「そうだな、今頃《いまごろ》びっくりして腰抜かしてるかも知れないぞ」

エピローグ

「パパの夢が……今、全世界で動き出しているんだもんね」

立ち上がった沙緒里の足元を、すうっと風がそよぎ、ワンピースの裾《すそ》を揺らした。

「気持ちいい……風がこんなに気持ち良かったなんて、なんだか久しぶりに気づいたよ」

抜けるような青空を見上げて、眩《まぶ》しそうに目を細める。

「ずっと、忙しかったもんな」

沙緒里はトゥインクルを離れ、ソロデビューを果たしていた。

トゥインクルは新メンバーを加えて、今までになかったアイドルユニットのスタイルを確立しつつある。

菜恵も、等身大のアイドルとして同世代の若者達に支持され、人気アイドルとしての地歩を着実に固めていた。

「もう、このまま行くの?」

「ああ。親父《おやじ》への挨拶《あいさつ》も済ませたし、もう行くよ」

沙緒里の世界進出に先駆けて、雅紀は渡米するのだ。

「向こうで待ってるよ」

そう言って差し出した雅紀の手を、沙緒里が握った。

「うん。待っててね」

しばらく、見つめ合った。

「お兄ちゃん」

沙緒里が手招きした。

身を屈《かが》めて口付けようとした雅紀の唇を躱《かわ》して、沙緒里は雅紀の頬《ほお》にキスした。

「この続きはアメリカでね？」

悪戯《いたずら》っぽく微笑んで、身を翻《ひるがえ》した。

「浮気したらだめだよ！」

笑いながら、なだらかな石畳のスロープを小走りに駆け降りて行く。

「母さんによろしくな」

雅紀の声に、沙緒里が手を振って応《こた》えた。

姿が見えなくなるまで見送って、雅紀は大きな伸びをした。

深呼吸する。

爽《さわ》やかな夏の空気が雅紀の胸を満たした。

「じゃあな、親父。行ってくるよ」

雅紀は歩き出した。

END

あとがき

「SPOTLIGHT～羨望と欲望の狭間～」をお届けします。

本作の内容については本編でお楽しみ頂くとして、「あとがき」です。

僕の仕事は「エロくない」と良く言われます。官能小説しかり、アダルトゲームしかり、「エロくあるべきもの」を制作する立場上、これは致命的な評価とも思われ、僕自身非常に悩まされておりますが、本作もその点、甚だ不安な思いでの校了となりました。

幸い、本作執筆にあたっては原作に恵まれ、シチュエーションその他もろもろ、「エロ」くあるための諸要素を多く助けられました。多少なりとも本作に「エロ」を感じて頂けたならば、それは多分に原作によるところと思われます。まだプレイされてないようであれば、ぜひこの機会にお求め下さい。

毎度のことながら、今回も大勢の方々にご迷惑をお掛けし、また、応援、励ましを賜りました。特に、愛する妻子の寛容さと忍耐力には、いつものことながら、ただただ頭の下がる思いです。

この場を借りて、厚く御礼申し上げますとともに、また次も、何卒お願い申し上げさせて頂きます。ごめんなさい。

日輪哲也

SPOT LIGHT　羨望と欲望の狭間

2001年12月25日　初版第1刷発行

著　者　日輪 哲也
原　作　ブルーゲイル
原　画　ＤＯＨ２５０Ｒ

発行人　久保田 裕
発行所　株式会社パラダイム
〒166-0011東京都杉並区梅里2-40-19
ワールドビル202
TEL03-5306-6921 FAX03-5306-6923

装　丁　妹尾 みのり
印　刷　株式会社シナノ

乱丁・落丁はお取り替えいたします。
定価はカバーに表示してあります。

既刊ラインナップ

定価 各860円+税

1 悪夢 ～青い果実の散花～
2 脅迫
3 痕 ～きずあと～
4 慾 ～むさぼり～
5 黒の断章
6 淫従の堕天使
7 Esの方程式
8 歪み
9 悪夢 第二章
10 瑠璃色の雪
11 官能教習
12 復讐
13 淫Days
14 お兄ちゃんへ
15 緊縛の館
16 密猟区
17 淫内感染
18 月光獣
19 告白
20 Xchange
21 虜2
22 飼
23 迷子の気持ち
24 ナチュラル ～身も心も～
25 放課後はフィアンセ
26 骸 ～メスを狙う顎～
27 朧月都市
28 Shift!
29 いまじねぃしょんLOVE
30 ナチュラル ～アナザーストーリー～
31 キミにSteady
32 ディヴァイデッド
33 紅い瞳のセラフ

34 MIND
35 錬金術の娘
36 凌辱 ～好きですか？～
37 MydearアレながおじさんN
38 狂＊師 ～ねらわれた制服～
39 UP!
40 魔薬
41 臨界点
42 絶望 ～青い果実の散花～
43 美しき獲物たちの学園 明日菜編
44 淫内感染 ～真夜中のナースコール～
45 MyGirl
46 面会謝絶
47 偽善
48 美しき獲物たちの学園 由利香編
49 せ・ん・せ・い
50 sonnet～心かさねて～
51 リトルMyメイド
52 flowers～ココロノハナ～
53 サナトリウム
54 はるあきふゆにないじかん
55 プレシャスLOVE
56 ときめきCheck in!
57 散櫻 ～禁断の血族～
58 Kanon～雪の少女～
59 セデュース ～誘惑～
60 RISE
61 虚像庭園～少女の散る場所～
62 終末の過ごし方
63 略奪～緊縛の館 完結編～
64 Touchme～恋のおくすり～
65 淫内感染2
66 加奈～いもうと～

67 PILE・DRIVER
68 Lipstick AdvEX
69 Fresh!
70 脅迫～終わらない明日～
71 うつせみ
72 Xchange2
73 M.E.M.～汚された純潔～
74 Fu・shi・da・ra
75 絶望 ～第二章～
76 Kanon～笑顔の向こう側に～
77 ツグナヒ
78 ねがい
79 アルバムの中の微笑み
80 ハーレムレーサー
81 絶望 ～第三章～
82 淫内感染2～鳴り止まぬナースコール～
83 螺旋回廊
84 Kanon～少女の檻～
85 夜勤病棟
86 使用済～CONDOM～
87 真・瑠璃色の雪～ふりむけば隣に～
88 Treating 2U
89 尽くしてあげちゃう
90 Kanon～the fox and the grapes～
91 もう好きにしてください
92 同心～三姉妹のエチュード～
93 あめいろの季節
94 Kanon～日溜まりの街～
95 贖罪の教室
96 ナチュラル2 DUO 兄さまのそばに
97 帝都のユリ
98 Aries
99 LoveMate～恋のリハーサル～

最新情報はホームページで！　http://www.parabook.co.jp

100 恋ごころ　原作：RAM　著：島津出水
101 プリンセスメモリー　原作：カクテル・ソフト　著：島津出水
102 ぺろぺろCandy2 Lovely Angels　原作：ミンク　著：雑賀匡
103 夜勤病棟 ～堕天使たちの集中治療～　原作：ミンク　著：高橋恒星
104 尽くしてあげちゃう2　原作：トラヴュランス　著：内藤みか
105 悪戯Ⅲ　原作：インターハート　著：平手すなお
106 使用中～W.C.～　原作：ギルティ　著：萬屋MACH
108 ナチュラル2DUO お兄ちゃんとの絆　原作：フェアリーテール　著：清水マリコ
109 特別授業　原作：BISHOP　著：深町薫
110 Bible Black　原作：アクティブ　著：雑賀匡
111 星空ぷらねっと　原作：ディーオー　著：島津出水
112 銀色　原作：ねこねこソフト　著：高橋恒星

113 奴隷市場　原作：ruf　著：菅沼恭司
114 淫内感染 ～午前3時の手術室～　原作：ジックス　著：平手すなお
115 懲らしめ 狂育的指導　原作：ブルーゲイル　著：雑賀匡
116 傀儡の教室　原作：ruf　著：英いつき
117 インファンタリア　原作：サーカス　著：村上早紀
118 夜勤病棟 ～特別盤 裏カルテ閲覧～　原作：ミンク　著：高橋恒星
119 姉妹妻　原作：13cm　著：雑賀匡
120 ナチュラルZero+　原作：フェアリーテール　著：清水マリコ
121 看護しちゃうぞ　原作：トラヴュランス　著：雑賀匡
122 みずいろ　原作：ねこねこソフト　著：高橋恒星
123 椿色のプリジオーネ　原作：ミンク　著：前薗はるか
124 恋愛CHU！彼女の秘密はオトコのコ？　原作：SAGA PLANETS　著：TAMAMI

125 エッチなバニーさんは嫌い？　原作：ジックス　著：竹内けん
126 もみじ「ワタシ…人形じゃありません…」　原作：ルネ　著：雑賀匡
127 注射器2　原作：アーヴォリオ　著：島津出水
128 恋愛CHU！ヒミツの恋愛しませんか？　原作：SAGA PLANETS　著：TAMAMI
129 悪戯王　原作：インターハート　著：平手すなお
130 水夏～SUIKA～　原作：サーカス　著：雑賀匡
131 ランジェリーズ　原作：ミンク　著：三田村半月
132 贖罪の教室BADEND　原作：ruf　著：結宇糸
134 -スガタ-　原作：May-Be SOFT　著：布施はるか
136 学園～恥辱の図式～　原作：BISHOP　著：三田村半月
138 とってもフェロモン　原作：トラヴュランス　著：村上早紀
139 SPOT LIGHT　原作：ブルーゲイル　著：日輪哲也

〈パラダイムノベルス新刊予定〉

☆話題の作品がぞくぞく登場！

1月

134. Chain 失われた足跡

ジックス　原作
桐島幸平　著

東雲武士は都会の暗部を己の才覚のみで渡りきる敏腕探偵だった。しかし高校時代の同級生鞠絵に依頼された浮気調査が、意外な殺人事件へと発展していく。事件解決の手掛かりは…!?

143. 魔女狩りの夜に

アイル　原作
南雲恵介　著

1月

中世ヨーロッパ風の田舎町に、新しい神父が赴任してきた。しかし彼には信仰心などなく、むしろ神を憎悪さえしていた。そして神父という立場を利用し、町の女たちに魔女の嫌疑をかけ、凌辱を繰り返すが…。